Das Buch

Mit der Einweisung  Grafenhof endet der Bernhards Jugenderin es Kapitel in der Lebens- und Leidensgeschichte des Achtzehnjährigen beginnt. Ein »Schatten« auf seiner Lunge verbannt ihn in die isolierte Welt des Sanatoriums, aus der es so leicht kein Entrinnen gibt. Ärzten, Pflegepersonal und Mitpatienten ausgeliefert, toben in ihm die widersprüchlichsten Gefühle. Mit nichts als Hoffnungslosigkeit konfrontiert, schwankt er immer wieder zwischen absoluter Anpassung und Auflehnung. Bis schließlich sein Lebenswille die Oberhand gewinnt, bedarf es vieler schmerzhafter Erfahrungen.

Der Autor

Thomas Bernhard, geboren am 9. Februar 1931, lebte in Ohlsdorf, Oberösterreich. 1951–54 Studium an der Akademie für Musik und darstellende Kunst in Salzburg und an der Hochschule für Musik in Wien. Seit 1957 freier Schriftsteller. Er starb am 12. Februar 1989 in Gmunden.

in die Lungenheilstätte
dritte Teil von Thomas
Erinnerungen, und ein neu-

Thomas Bernhard:
Die Kälte
Eine Isolation

Deutscher
Taschenbuch
Verlag

Von Thomas Bernhard
sind im Deutschen Taschenbuch Verlag erschienen:
Die Ursache (1299)
Der Keller (1426)
Der Atem (1610)
Ein Kind (10385)

Kurt Hofmann: Aus Gesprächen mit Thomas Bernhard
(11356)

Ungekürzte Ausgabe
September 1984
5. Auflage März 1991
Deutscher Taschenbuch Verlag GmbH & Co. KG,
München
© 1981 Residenz Verlag, Salzburg und Wien
ISBN 3-7017-0269-1
Umschlaggestaltung: Celestino Piatti
Gesamtherstellung: C. H. Beck'sche Buchdruckerei,
Nördlingen
Printed in Germany · ISBN 3-423-10307-8

Jede Krankheit kann man
Seelenkrankheit nennen.

Novalis

Mit dem sogenannten Schatten auf meine Lunge war auch wieder ein Schatten auf meine Existenz gefallen. *Grafenhof* war ein Schreckenswort, in ihm herrschten absolut und in völliger Immunität der Primarius und dessen Assistent und dessen Assistent und die für einen jungen Menschen wie mich entsetzlichen Zustände einer öffentlichen Lungenheilstätte. Hilfe suchend, bin ich doch hier mit nichts als mit Hoffnungslosigkeit konfrontiert gewesen, das hatten schon die ersten Augenblicke, ersten Stunden, noch unerhörter die ersten Tage gezeigt. Die Lage der Patienten verbesserte sich nicht, sie verschlimmerte sich mit der Zeit, auch meine eigene, ich fürchtete, hier genau denselben Weg gehen zu müssen wie die vor mir nach Grafenhof Eingewiesenen, an welchen ich nichts als die Trostlosigkeit ihrer Verfassung ablesen, an welchen ich nichts anderes als den Verfall studieren konnte. Auf meinem ersten Weg in die Kapelle, in welcher täglich eine Messe zelebriert worden ist, hatte ich ein Dutzend Partezettel an den Wänden zu lesen bekommen, lakonische Texte über in den letzten Wochen Verstorbene, die, so mein Gedanke, gerade noch wie ich durch diese hohen kalten Gänge gegangen waren. In ihren schäbigen Nachkriegsschlafröcken, abgetretenen Filzpantoffeln, schmutzigen Nachthemdenkragen zogen sie, die Fiebertafeln unter ihre Arme geklemmt, an mir vorüber, hintereinander, ihre Blicke argwöhnisch auf mich gerichtet, ihr Ziel war die Liegehalle gewesen, eine halbverfallene Holzveranda im Freien, angebaut an das Hauptgebäude, offen gegen das Heukareck, den zweitausend Meter hohen Berg, der vier Monate lang ununterbrochen seinen kilometerlangen Schatten auf das unter der Heilstätte liegende Tal von Schwarzach warf, in welchem in diesen vier Monaten die Sonne nicht aufging. Welche infame Scheußlichkeit hat sich der Schöpfer hier ausgedacht, war mein Gedanke gewesen, was für eine abstoßende Form von Menschenelend. Im Vorübergehen schraubten diese zweifellos endgültig aus der Menschengesellschaft Ausgestoßenen widerwärtig, armselig und wie in einem heiligen Stolze verletzt, ihre braunen Glasspuckflaschen auf und spuckten hinein, mit einer perfiden Feierlichkeit holten sie hier überall schamlos und in einer nur ihnen eigenen raffinierten Kunst das Sputum aus ihren angefressenen Lungen und spuckten es in die Spuckflaschen. Die Gänge waren von diesem feierlichen Ziehen an Dutzenden und Aberdutzenden von zerfressenen Lungenflügeln und vom Schlurfen der Filzpantoffeln auf dem karbolgetränkten Linoleum erfüllt. Eine Prozession fand hier statt, die auf der Liegehalle endete, in einer Feierlichkeit, wie ich sie bis dahin nur bei katholischen Begräbnissen konstatiert hatte, jeder Teilnehmer an dieser Prozession trug seine eigene Monstranz vor sich her: die braune Glasspuckflasche. Wenn der letzte auf die Liegehalle getreten war und sich dort niedergelassen hatte in der langen Reihe verrosteter Gitterbetten, wenn sich alle diese von ihrer Krankheit längst verunstalteten Körper mit ihren langen Nasen und großen Ohren, mit ihren langen Armen und krummen Beinen und mit ihrem penetrant-fauligen Geruch eingewickelt hatten in diese abgewetzten, grauen, muffigen, überhaupt nicht mehr wärmenden Decken, die ich doch nur noch als Kotzen bezeichnen konnte, herrschte Ruhe. Noch stand ich da, in einer Ecke, von welcher aus ich alles mit größter Deutlichkeit sehen, in der ich selbst aber kaum entdeckt werden konnte, *als der Beobachter* einer mir neuen Ungeheuerlichkeit, ja absoluten Menschenunwürdigkeit, die nichts als abstoßend, die Häßlichkeit und die Rücksichtslosigkeit zur Potenz gewesen war, und gehörte doch im Augenblick schon dazu; auch ich hatte ja schon die Spuckflasche in Händen, die Fiebertafel unter dem Arm, auch ich war schon auf dem Weg in die Liegehalle. Erschrocken suchte ich in der langen Reihe der Gitterbetten das meinige auf, das drittletzte zwischen zwei wortlosen alten Männern, die stundenlang wie tot in ihren Betten lagen, bis sie sich plötzlich aufrichteten und in ihre Spuckflaschen spuckten. Alle Patienten produzierten ununterbrochen Sputum, die meisten in großen Mengen, viele von ihnen hatten nicht nur eine, sondern mehrere Spuckflaschen bei sich, als hätten sie keine vordringlichere Aufgabe, als Sputum zu produzieren, als feuerten sie sich gegenseitig zu immer größerer Sputumproduktion an, ein Wettbewerb fand hier jeden Tag statt, so schien es, in welchem am Abend derjenige den Sieg davongetragen hatte, welcher am konzentriertesten und die größte Menge in seine Spuckflasche ausgespuckt hatte. Auch von mir hatten die Ärzte nichts anderes erwartet, als mich augenblicklich an diesem Wettbewerb zu beteiligen, aber ich mühte mich umsonst ab, ich produzierte kein Sputum, ich spuckte und spuckte, aber meine Spuckflasche blieb leer. Tagelang hatte ich den Versuch gemacht, etwas in die Flasche zu spucken, es gelang nicht, mein Rachen war von meinen verzweifelten Versuchen, spukken zu können, schon ganz aufgerissen, er schmerzte bald wie unter einer entsetzlichen Verkühlung, aber ich produzierte nicht die kleinste Sputummenge. Aber hatte ich nicht den hohen ärztlichen Befehl erhalten, Sputum zu produzieren? Das Labor wartete auf mein Sputum, alles in Grafenhof schien auf mein Sputum zu warten, aber ich hatte keines; schließlich hatte ich den Willen, Sputum zu produzieren, nichts als diesen Willen, und ich versuchte mich in der Kunst des Spuckens, indem ich alle Arten von Auswurferzeugung neben und hinter und vor mir studierte und selbst probierte, aber ich produzierte nichts außer immer größere Halsschmerzen, mein ganzer Brustkorb schien entzündet. In Anbetracht meiner leeren Spuckflasche hatte ich das bedrückende Gefühl, *versagen zu müssen,* und ich steigerte mich mehr und mehr in einen absoluten Auswurfswillen, in eine Auswurfshysterie hinein. Meine kläglichen Versuche, Auswurf zu produzieren, waren nicht unbeobachtet geblieben, im Gegenteil, hatte ich den Eindruck, daß die ganze Aufmerksamkeit aller Patienten auf diese meine Versuche, Auswurf erzeugen zu können, gerichtet war. Je mehr ich mich in meine Auswurfshysterie hineinsteigerte, desto verschärfter war die Beobachtungsstrafe meiner Mitpatienten, sie straften mich unaufhörlich mit ihren Blicken und mit umso größerer Auswurfskunst, indem sie mir von allen Ecken und Enden aus zeigten, *wie* man spuckt, *wie* die Lungenflügel gereizt werden, um ihnen den Auswurf zu entziehen, als spielten sie schon jahrelang auf einem Instrument, das ihr ureigenes geworden war im Laufe der Zeit, auf ihrer Lunge, sie spielten auf ihren Lungenflügeln wie auf Saiteninstrumenten mit einer Virtuosität ohnegleichen. Hier hatte ich keine Chance, das Orchester war in beschämender Weise aufeinander eingestimmt, sie hatten ihre Meisterschaft schon so weit getrieben, daß es unsinnig gewesen war, zu glauben, mitspielen zu können, ich konnte an meinen Lungenflügeln zerren und zupfen, wie ich wollte, ihre teuflischen Blicke, ihr perfider Argwohn, ihr schadenfrohes Gelächter zeigten mir unaufhörlich meinen Dilettantismus, mein Unvermögen, meine unwürdige Nichtkunst. Die Meister in ihrem Fache hatten drei bis vier Flaschen Auswurf neben sich, meine Flasche war leer, ich schraubte sie immer wieder verzweifelt auf und enttäuscht wieder zu. Aber *ich mußte spucken!* Alle forderten es von mir. Schließlich wendete ich Gewalt an, erzeugte längere intensive Hustenanfälle, immer mehr Hustenanfälle, bis ich schließlich in der künstlichen Erzeugung von Hustenanfällen Meisterschaft erlangt hatte und spuckte. Ich spuckte in die Flasche und eilte damit ins Labor. Es war unbrauchbar. Nach drei, vier weiteren Tagen hatte ich meine Lunge so gequält, daß ich tatsächlich brauchbaren Auswurf aus meiner Lunge heraushustete, nach und nach füllte ich meine Flasche bis zur Hälfte. Ich war noch immer ein Dilettant, aber ich gab Anlaß zu Hoffnungen, mein Flascheninhalt war angenommen, wenn er auch vorher noch mit Mißtrauen betrachtet gegen das Licht gehalten worden war. Ich war lungenkrank, also hatte ich auszuspucken! Aber ich war nicht *positiv*, ich durfte mich nicht als vollwertiges Mitglied dieser Verschwörung fühlen. Die Verachtung traf mich zutiefst. Alle waren ansteckend, also positiv, ich nicht. Wieder und dann jeden zweiten Tag wurde von mir Sputum verlangt, ich hatte schon Routine, die Lungenflügel hatten sich an das Martyrium gewöhnt, ich produzierte jetzt schon mit Sicherheit Sputum, die halbe Flasche am Vormittag, die halbe am Nachmittag, das Labor war zufrieden. Aber ich war immer *negativ*. Zuerst waren, schien mir, nur die Ärzte enttäuscht, schließlich ich selbst. Etwas stimmte nicht! Hatte ich nicht zu sein wie alle andern? *Positiv?* Nach fünf Wochen war es soweit, der Befund war: *positiv*. Ich *war* plötzlich Vollmitglied der Gemeinschaft. Meine offene Lungentuberkulose war bestätigt. Zufriedenheit unter den Mitpatienten breitete sich aus, auch ich war zufrieden. Die Perversität dieses Zustands war mir gar nicht zu Bewußtsein gekommen. Genugtuung stand auf den Gesichtern, die Ärzte hatten sich beruhigt. Jetzt würden die geeigneten Maßnahmen ergriffen. Keine Operation natürlich, eine Medikamentenbehandlung. Vielleicht auch sofort ein Pneu. Oder eine Kaustik. Alle Möglichkeiten waren in Betracht gezogen. Eine Plastik erforderte mein Zustand nicht, ich mußte nicht fürchten, sämtliche Rippen meines rechten Brustkorbs abgestemmt und den ganzen Lungenflügel herausgeschnitten zu bekommen. Zuerst wird ein Pneu gemacht, dachte ich. Wenn der Pneu nicht genug ist, kommt die Kaustik. Auf die Kaustik folgt die Plastik. Ich hatte ja jetzt schon einen hohen Stand der Wissenschaft von der Lungenkrankheit erreicht, ich wußte Bescheid. Es begann immer mit dem Pneu. Tagtäglich standen Dutzende zur Füllung an. Eine Routinesache, wie ich sah, alle hier hingen immer wieder an Schläuchen, wurden gestochen, es war alltäglich. Sie würden mit einer Streptomyzinbehandlung anfangen, dachte ich. Tatsächlich war das Ergebnis, daß ich positiv sei, mit Genugtuung aufgenommen worden bei meinen Mitpatienten. Sie hatten erreicht, was sie wollten: keinen Außenseiter. Jetzt war ich würdig, unter ihnen zu sein. Wenn ich auch nur die

Niederen Weihen erlangt hatte, so war ich doch in gewisser Weise ebenbürtig. Auf einmal hatte ich wie sie eingefallene Wangen, eine lange Nase, große Ohren, einen aufgeschwemmten Bauch. Ich gehörte zu der Kategorie der Abgemagerten, nicht zu der Kategorie der Aufgeschwemmten. Zuerst sind die Lungenkranken abgemagert, dann sind sie aufgeschwemmt, dann sind sie wieder abgemagert. Die Krankheit verläuft von der Abmagerung über die Aufschwemmung bis zur Abmagerung. Bei Eintritt des Todes sind sie alle vollkommen abgemagert. Ich war schon sehr geschickt im Tragen der Anstaltskleidung, ich schlurfte so wie sie mit meinen Filzpantoffeln über die Gänge, ja ich hustete auf einmal scham- und rücksichtslos in die Gegend, gleich, ob ich allein war oder nicht, ich entdeckte mich bei so vielen Nachlässigkeiten und Ungezogenheiten und Unmöglichkeiten selbst, die mir gerade zuvor bei den andern als absolut unzulässig und widerwärtig aufgefallen waren. Da ich nun einmal da war, wollte ich in diese Gemeinschaft gehören, auch wenn es sich um die scheußlichste und entsetzlichste Gemeinschaft handelte, die sich denken läßt. Hatte ich eine andere Wahl? War es nicht folgerichtig, daß ich hier gelandet war? War nicht mein ganzes bisheriges Leben auf dieses Grafenhof hin konstruiert gewesen? Auch ich war ein Kriegsopfer! Ich tauchte unter, alles habe ich für dieses Untertauchen getan. Hier wird gestorben, sonst nichts, ich richtete mich darauf ein, ich war keine Ausnahme. Was ich drei, vier Wochen vorher noch für unmöglich gehalten hatte, war mir gelungen: zu sein wie sie. Aber stimmte das auch? Ich verdrängte diesen Gedanken, ich richtete mich in der Todesgemeinschaft ein, ich hatte alles bis auf mein Hiersein verloren. Ich hatte keine andere Wahl, als mich für diese hier herrschende Pflicht aufzugeben, vollkommen aufzugeben für die Tatsache, ein Lungenkranker zu sein, mit allen Konsequenzen, ohne Rückzugsmöglichkeit. Ich hatte ein Bett im Schlafzimmer, ein Spind auf dem Gang, ein Bett auf der Liegehalle, einen Platz im Speisesaal. Mehr hatte ich nicht, wenn ich die Erinnerung ausschaltete. Gierig schaute ich mich nach irgendeinem Leidensgenossen um, dem ich mich hätte öffnen können, aber ich fand keinen, wenigstens nicht in den ersten Wochen. Es hatte nicht den geringsten Sinn gehabt, sich gegen die natürliche Entwicklung zur Wehr zu setzen, ich mußte ganz einfach die graue Farbe, die hier herrschte, annehmen, um es aushalten zu können, mich gleichmachen. Wenn ein Neuer kam, beobachtete ich genauso argwöhnisch seine Entwicklung, wie meine Vorgänger meine Entwicklung beobachtet hatten, mit der kalten und skrupellosen Eindringlichkeit des Opfers, das keine Bevorzugung duldet. Wie aus einem Menschen eine nichtswürdige Kreatur wird, die als Mensch nicht mehr zur Kenntnis genommen wird. Jetzt hatte ich, so mein Gedanke, die Möglichkeit, Gesunde anzustecken, ein Machtmittel, mit welchem alle Lungenkranken, alle Träger ansteckender Krankheiten von jeher ausgestattet sind, dasselbe Machtmittel, das ich an jenen bis daher verabscheut hatte, die mich wochenlang mit ihren Blicken, mit ihrer Gemeinheit, mit ihrer Schadenfreude gejagt und verfolgt hatten. Jetzt konnte ich selbst aushusten und annehmen, eine Existenz zu vernichten! Dachte ich nicht genauso wie sie? Ich haßte plötzlich alles, das gesund war. Mein Haß richtete sich von einem Augenblick auf den andern gegen alles außerhalb von Grafenhof, gegen alles in der Welt, selbst gegen die eigene Familie. Aber dieser Haß starb bald ab, denn er hatte hier keine Nahrung, hier war alles krank, vom Leben abgetrennt, ausgeschlossen, auf den Tod konzentriert, auf ihn ausgerichtet. Vor fünfzig Jahren hätten sie alle, ohne zu zögern, gesagt: *todgeweiht*. Die Außenwelt hatte sich längst entfernt, sie war überhaupt nicht mehr wahrnehmbar, was in diese Mauern hereinkam, war schon so abgetakelt, daß es nurmehr noch als gemeine Lüge empfunden werden konnte, spärliche Nachrichten ohne Wirkung. Ganze Erdteile hätten explodieren können, es hätte hier, wo der Spucknapf herrschte, keinerlei Interesse erweckt. Alles war auf die Erzeugung von Sputum, auf qualvolles, gleichzeitig kunstvolles Ein- und Ausatmen konzentriert, auf die tagtägliche Therapieangst, Operationsangst, Todesangst. Und wie sich mit den Ärzten, vor allem mit dem Primarius, arrangieren. In diesem Punkt war ich chancenlos, ein magerer Kaufmannslehrling, das Gesicht voller Pickel, ein achtzehnjähriger Anonymus ohne die geringste Reputation, bar jeder Fürsprache, von der Gebietskrankenkasse eingewiesen, mit einem Gepäck angekommen, das nur die tiefste Geringschätzung wert gewesen war: ein alter Papierkoffer aus dem Krieg, zwei billige, abgetragene amerikanische Hosen, zwei ausgewaschene Militärhemden, zerstopfte Socken, an den Füßen zerfetzte Gummischuhe. Der Walkjanker meines Großvaters war mein Prunkstück gewesen, nicht vergessen darf ich den Klavierauszug der *Zauberflöte* und Haydns *Schöpfung*. Ein Blick genügte, um mich in das minderwertigste aller Zimmer einzuweisen, in das größte nordseitige mit seinen zwölf Betten, in welchem untergebracht war, was auch heute noch als unterprivilegiert bezeichnet wird: Hilfsarbeiter, Lehrlinge. In diesem Zimmer hauste aber auch ein sogenannter Doktor der Rechte, der als verkommen galt. Erst nach und nach erklärte ich mir sein Dasein. Jeder hatte ein Spind auf dem Gang, an dessen Ende gab es zwei Toiletten für ungefähr achtzig Männer und einen einzigen Waschraum, das Gedränge in der Frühe kann sich jeder vorstellen, wenn diese achtzig beinahe gleichzeitig auf die Toiletten und in den Waschraum stürzten, herrschte das Chaos, aber der Mensch gewöhnt sich erstaunlich schnell an Tatsachen dieser Art, wenn sie sich tagtäglich wiederholen, er braucht drei, vier Tage, dann ist ihm der Mechanismus vertraut, er hat keine Wahl, er fügt sich, er macht mit, er fällt nicht mehr auf. Der Individualist wird ausgemacht und abgetötet. Wie die Schweine an den Trog drängten sich die Patienten an die Wasserleitungen im Waschraum, und die stärkeren stießen die schwächeren einfach weg, die Wasserhähne waren an jedem Morgen immer wieder im Besitz der gleichen Leute, Fußtritte, Schläge in die Weichteile machten diesen Waschraumfanatikern den Weg augenblicklich frei, die Lungenkranken entwickeln im Bedarfsfall unheimliche Körperkräfte. Die Todesangst macht sie stark, erhebt die Rücksichtslosigkeit zum Prinzip, der Ausgestoßene, der Todeskandidat hat nichts zu verlieren. Es ging ihnen mehr um die Erfrischung als um die Reinigung ihres Körpers. Viele betraten den Waschraum nur einmal wöchentlich, viele auch noch seltener, vor Untersuchungen selbstverständlich, denn da sollten sie sauber erscheinen, aber Sauberkeit ist, wie alle andern, ein relativer Begriff. Der Geruch in den Zimmern und in der ganzen Heilstätte war nichts für einen empfindsamen Menschen, er war dem Grau, das hier herrschte, entsprechend. Umso auffallender gebärdeten sich bei ihrem Auftreten die schneeweißen Ärztekittel. Visite war um neun Uhr, das Ärztetriumvirat erschien am Eingang der Liegehalle, Patientenköpfe, die gerade noch in der Höhe waren, fielen automatisch zurück, das Liegespalier war reglos. Die Hände in die Hüften gestemmt, bestimmte der Primarius die Therapien, verordnete er die Medikamente, indem er von Bett zu Bett ging. Manchmal beugte er sich vor und klopfte einem Patienten auf die Brust, der Blick auf eine Fiebertafel löste bei ihm sehr oft ein Gelächter aus, das das Tal erfüllte. Mit den Herren Kollegen unterhielt er sich nur in Gemurmel. Weit über sechzig, gedrungen, verfettet, hatte er ein streng militärisches Gehaben und betrachtete die Patienten auch als gemeine Soldaten, mit welchen er umspringen konnte, wie er wollte. Er war schon im Krieg hier Primar gewesen und, obwohl Nationalsozialist, bei Kriegsende nicht zum Teufel gejagt, wahrscheinlich weil kein Ersatz vorhanden gewesen war. Von diesem Manne durfte ich nichts erwarten, hatte ich schon im ersten Augenblick gedacht, und mein erster Eindruck hatte sich immer mehr bestätigt. Jahre war ich schließlich diesem stumpfsinnigen, im wahrsten Sinne des Wortes gemeinen Menschen ausgeliefert. Seine Assistenten gehorchten ihm bedingungslos, er hätte sich keine besseren Schergen wünschen können. Assistent und Sekundar waren nichts als Befehlsempfänger eines perfiden Mannes, der die Heilstätte als Strafanstalt betrachtete und auch als Strafanstalt führte. Ich traute dem Menschen nicht, wenn ich naturgemäß auch in den ersten Wochen hier noch nicht in der Lage gewesen war, seine medizinischen Kenntnisse zu beurteilen, geschweige denn richtig einzuschätzen. Es sollte sich aber nur zu bald herausstellen, was von dem Charakter und von der medizinischen Kunst des Primarius zu halten war, aber das erklärt sich im Laufe dieses Berichts von selbst. Von Anfang an hatte ich versucht, mit dem Primarius in ein Gespräch zu kommen, aber alle diese von mir aus tatsächlich verzweifelten Versuche hatte der Arzt und Direktor sofort im Keim erstickt, er forderte nur, daß ich spuckte, und war erbost, weil aus mir wochenlang kein Sputum herauszubekommen war. Er war eine unglückliche Natur, die den Beruf verfehlt hatte und durch die Lebensumstände außerdem in eine öde, kalte und abstumpfende Gegend versetzt worden war, in welcher sie verkommen und naturgemäß am Ende ruiniert werden mußte. Auch diese Ärzte waren mir *unheimlich,* wie jene, die ich schon vor ihnen kennengelernt hatte, ich mißtraute ihnen zutiefst und, wie ich glaube, mit Recht. Alles an ihnen verfolgte ich mit dem größtmöglichen Scharfsinn, mit absoluter Aufmerksamkeit, so entgingen sie mir nicht, es gab für sie kein Entkommen. Es war mir von Anfang an klar gewesen, daß ich es hier mit primitiven Ausgaben ihrer Zunft zu tun hatte, aber ich mußte abwarten. Es fehlte meinem Triumvirat so ziemlich alles, was von den Ärzten zu fordern ist, ich durfte von ihnen nicht nur nichts erwarten, ich mußte, so mein Gedanke, vor ihnen ununterbrochen auf der Hut sein, ich wußte natürlich nicht, wieviel sie schon auf ihrem Gewissen hatten, Wachsamkeit verordnete ich mir, allerhöchste Aufmerksamkeit, allergrößte Reserve. So jung ich noch war, ich war ein gutausgebildeter Skeptiker, auf alles und immer auf das Schlimmste gefaßt. Diese Tugend schätze ich auch heute noch als meine höchste. Der Patient muß sich ganz auf sich selbst stellen, das wußte ich, von außen hatte er beinahe nichts zu erwarten, im Abwehren vor allem muß er geschult sein, im Verhindern, im Vereiteln. Mein Großvater, mein Privatphilosoph, hatte mir dazu das Fundament gelegt. Ich mißtraute und wurde gesund, kann ich sagen. Aber dahin war ein weiter Weg. Der Kranke muß sein Leiden selbst in die Hand und vor allem in den Kopf nehmen *gegen die Ärzte,* diese Erfahrung habe ich gemacht. Noch *wußte* ich das nicht, aber ich handelte in diesem Sinne. Ich vertraute auf mich, auf nichts sonst, je größer mein Mißtrauen gegen die Ärzte, desto größer das Vertrauen zu mir selbst. Es geht nicht anders, will ich eine schwere, das heißt eine tödliche Krankheit besiegen, aus dieser schweren und tödlichen Krankheit herauskommen. Aber wollte ich das denn in diesen Wochen? Hatte ich mich nicht dieser Todesverschwörung in Grafenhof angeschlossen, mich vollkommen in ihre tiefste Tiefe fallen lassen? Es ist nicht abwegig, wenn ich behaupte, ich bin in diesen Wochen in diese meine Hoffnungslosigkeit und die allgemeine Hoffnungslosigkeit verliebt, möglicherweise sogar in Liebe vernarrt gewesen. Ich akzeptierte diesen Zustand nicht nur, ich hatte mich wie die Hunderte von Millionen anderen in der Welt dieser Zeit entsprechend folgerichtig und hundertprozentig an die Hoffnungslosigkeit angeklammert, an das Entsetzen angeklammert, an die Nachkriegshoffnungslosigkeit, an das Nachkriegsentsetzen. Hier, unter den Bedingungen der Auflösung, unter den Voraussetzungen des nahenden, des greifbaren Endes, fühlte ich mich Hunderttausenden und Millionen gleich, darauf vollkommen logisch vorbereitet und, wie ich jetzt einsehen mußte, *aufgehoben*. Wieso hätte gerade ich zum Unterschied von den Millionen andern, die im Krieg und die nach dem Krieg in der Folge des Krieges umgekommen sind, ein Recht haben dürfen, davonzukommen, ich hatte geglaubt, ja, davongekommen zu sein durch sogenannte glückliche Umstände, jetzt hatte es mich aber doch erwischt in meinem Winkel, in unserem Winkel, eingeholt, ausfindig gemacht und in sich einverleibt, das Lebensende. Ich akzeptierte diese Tatsache und handelte danach. Ich wehrte mich aufeinmal nicht mehr dagegen, lehnte mich nicht mehr dagegen auf, ich dachte nicht daran, das neue Unglück zu hintergehen. Einer verblüffend klaren Logik folgend, hatte ich mich gefügt und aufgegeben und unterworfen. Hier, wo die Menschen folgerichtig nach den ja gerade für sie bestimmten Schauerlichkeiten des Krieges absterben mußten, sich aufgeben mußten, aufhören mußten, wie ich denken mußte, gehörte ich hin, nicht in Auflehnung, nicht in Protest, *in die absterbende, in die gehende* Gesellschaft gehörte ich. Ich vertiefte mich in diesen für mich urplötzlich gar nicht absurden Gedanken und kam zu dem Schluß: *hier* will ich sein! *Wo sonst?* Und ich folgte der Chronologie des Absterbens und der Hölle. Ich hatte das Menschenelend angenommen und wollte es mir nicht mehr nehmen lassen, von nichts, von niemandem! Ich hatte die Abscheu und den Haß gegen Grafenhof und gegen die Zustände in Grafenhof abgelegt, den Haß gegen Krankheit und Tod, gegen die sogenannte Ungerechtigkeit. Nicht das *Hier* haßte ich jetzt, ich haßte das *Dort*, das *Drüben* und das *Draußen, alles andere!* Aber dieser Haß mußte sich bald erschöpfen, denn er rentierte sich nicht. Der *absurde Haß* war aufeinmal unmöglich geworden. Es war zu eindeutig, zu gerecht, was mir bevorstand nach den Gesetzen, die sich die Gesellschaft im Einvernehmen mit der Natur selbst geschaffen hatte. Warum sollte gerade ich, der Unsinnigste, der Überflüssigste, der Wertloseste in der Geschichte, glauben oder auch nur einen

Augenblick lang in Anspruch nehmen dürfen, die Ausnahme von der Regel zu sein, davonzukommen, wo Millionen ganz einfach nicht davongekommen waren? Ich hatte jetzt, so mein Gedanke, den direkten Weg durch die Hölle und in den Tod zu gehen. Ich hatte mich damit abgefunden. Ich hatte mich die längste Zeit aufgelehnt dagegen, jetzt lehnte ich mich nicht mehr auf, ich fügte mich. Was war mit mir geschehen? Ich war einer Logik verfallen, die ich als die für mich richtige und einzige betrachten und jetzt existieren mußte. Aber diese Logik hatte ich gleich wieder gegen die ihr entgegengesetzte eingetauscht, ich betrachtete aufeinmal alles wieder hundertprozentig verkehrt. Mein Standpunkt war *um alles* geändert. Ich lehnte mich heftiger denn je auf gegen Grafenhof und seine Gesetze, gegen die Unausweichlichkeit! Ich hatte meinen Standpunkt wieder am radikalsten geändert, jetzt *lebte* ich wieder hundertprozentig, jetzt *wollte* ich wieder hundertprozentig leben, meine Existenz haben, koste es, was es wolle. Ich verstand den, der ich zwölf Stunden vorher gewesen war, nicht mehr, der gerade noch das Gegenteil von dem gedacht hatte, was *jetzt* meine Meinung und mein Standpunkt gewesen war. Wie hatte ich soweit kommen können, aufzugeben? Mich zu fügen? Dem Tod einfach auszuliefern? Ich hatte wieder einmal völlig falsche Schlüsse gezogen. Aber, so dachte ich, ich habe ganz in *meinem* Sinne gehandelt, so war und so ist mein Wesen, so wird es sein, hatte ich gedacht. Aufeinmal hatte, was ich um mich herum anschaute, betrachtete, eindringlicher denn je beobachtete, wieder die schrecklichen, abstoßenden Züge. Zu diesen Menschen gehörte ich nicht, ich war ganz einfach nicht so wie sie, diese Zustände waren nicht die meinigen, und sie durften ganz einfach nicht die meinigen sein. Plötzlich war alles in den letzten Tagen Gedachte und aus diesem heraus Unternommene lächerlich, absurd, ein Irrtum. Wie konnte ich glauben, dahin zu gehören, wo die Fäulnis und die absolute Hoffnungslosigkeit die Seele abwürgten, das Gehirn abtöteten? Wahrscheinlich war es mir leichter gewesen, mich ganz einfach fallenzulassen, als mich aufzulehnen, dagegen zu sein, so einfach ist die Wahrheit. Wir geben oft nach, geben oft auf, der Bequemlichkeit willen. Aber um den Preis des Lebens, der *ganzen* Existenz, von welcher ich ja nicht wissen konnte, wieviel wert sie im Grunde war und vielleicht noch einmal sein wird, selbst wenn ich weiß, daß das Grübeln darüber sinnlos ist, weil am Ende dieser Grübelei die Sinnlosigkeit triumphiert, die absolute Wertlosigkeit, davon abgesehen. Das Einzelne ist nichts, aber Alles ist alles. Ich hatte die Bequemlichkeit, das Niedrige des Anpassens und Aufgebens gewählt, anstatt mich dagegenzustemmen, einen Kampf aufzunehmen, gleich, wie er ausgehen wird. Aus Bequemlichkeit und aus Feigheit hatte ich mir ein Beispiel an jenen Millionen genommen, die in den Tod gegangen waren, aus was für einem Grund immer, und mich nicht gescheut, auf die schamloseste Weise selbst die Opfer des letzten Krieges für meine Bequemlichkeitsspekulation zu mißbrauchen, mir einzubilden, mein Ende, mein Tod, mein Absterben sei mit ihrem vergleichbar, ich hatte den Tod von Millionen Menschen mißbraucht, indem ich mich diesem ihrem Tod anzuschließen wünschte. Ich hätte diesen Gedanken noch in die Tiefe treiben und mit ihm bis an die äußerste Grenze seiner und also meiner Verrücktheit und Geschmacklosigkeit gehen können, aber ich hütete mich davor. Meine Ansichten waren nur pathetisch gewesen, mein Leiden nur theatralisch. Aber ich schämte mich jetzt nicht, dafür hatte ich keine Zeit, einen klaren Kopf ohne Sentiment wünschte ich, das erforderte meine ganze Kraft. Die Wahrheit ist, daß ich an demselben Tag in das Labor gerufen wurde, um zur Kenntnis zu nehmen, daß das Sputum vor drei, vier Tagen, in welchem sich die Tuberkeln gefunden hatten, gar nicht mein Sputum gewesen sei, eine Verwechslung habe es gegeben, eine Tatsache, wie sie noch niemals in diesem Labor vorgekommen, *unterlaufen* sei. Mein Sputum sei nach wie vor tuberkelfrei. Tatsächlich war nach dieser Eröffnung ein paarmal hintereinander mein Sputum untersucht worden, jedesmal mit negativem Ergebnis. Ich war also doch nicht positiv. Als ob ich diesen Umstand heraufbeschworen hätte, verhielt ich mich jetzt. Ich machte kein Aufhebens von dieser Tatsache, argwöhnisch, wie ich war, bestand ich selbst jetzt darauf, daß das Labor ein paarmal hintereinander mein Sputum analysierte, das Ergebnis blieb gleich. *Es war* ein Irrtum des Labors gewesen. Jetzt hatte ich die Voraussetzungen, meinen Kampf aufzunehmen, abgesehen davon, daß ich nicht positiv war, hatte ich immerhin noch meinen Schatten auf der Lunge, der mit Streptomyzininjektionen bekämpft wurde, leider, wegen der hohen Kosten, wie gesagt wurde, in einer viel zu geringen Dosis. Jeder Patient erhielt von der Kostbarkeit nur eine geringe Menge, die, wie ich später erfahren habe, nutz- und sinnlos gewesen war. Mehr Streptomyzin bekam nur der gespritzt, der es sich selbst aus der Schweiz oder aus Amerika kommen lassen konnte oder der eine gehörige Protektion bei den Ärzten, naturgemäß in erster Linie beim Direktor, dem allgewaltigen Primarius, hatte. Nachdem ich wußte, daß ich zu wenig Streptomyzin bekam, eine lächerliche Menge und also soviel wie gar nichts, hatte ich einen Vorstoß bei dem Triumvirat unternommen, wurde aber sofort abgewiesen, meine Forderung bezeichnete das Triumvirat als unerhört, meinen Wunsch nach mehr Streptomyzin klassifizierten sie als Unverschämtheit, ich wisse nichts, sie wüßten alles, während ich selbst damals bereits, weil es ja meine Existenz betroffen hatte, nicht mehr der Dümmste auf diesem Gebiete der Lungenheilkunde gewesen war und genau wußte, daß meine Behandlung eine größere Menge Streptomyzin erforderte. Ich bekam sie aber nicht, weil ich gesellschaftlich eine Null war. Andere bekamen, was sie brauchten, sie hatten die Reputation, die Fürsprache, einen Beruf, der mehr Eindruck machte. Das Streptomyzin wurde nicht nach der Notwendigkeit ausgegeben, sondern nach den schäbigsten Gesichtspunkten, die sich denken lassen. Nicht ich allein war im Nachteil. Es gab die eine Hälfte der Bevorzugten, und es gab die andere Hälfte der Benachteiligten. Ich gehörte absolut zur zweiteren. Ich hatte naturgemäß nicht die Absicht, unter *gewissen* Umständen, unter Zuhilfenahme *geeigneter* Mittel in die erstere aufzusteigen, dazu fehlte es mir an gemeiner Schläue, ja auch an der Gemeinheit selbst, ich hatte nicht den Willen dazu. Aber auch ohne diese gemeinen Mittel zum Zweck gedachte ich mich herauszukämpfen aus dieser Hölle, aus dieser Dependance der Hölle, als welche ich die Heilstätte und ihren Inhalt jetzt sehen mußte. Die Ärzte und ihre Charakterschwächen, ja ihre Gemeinheiten und Niedrigkeiten, die ich inzwischen erfahren hatte genauso wie die Charakterschwächen und die Gemeinheiten und Niedrigkeiten der Patienten, hatten mich hellhörig gemacht, mein Verstand hatte profitiert, auch an der Beobachtung der geistlichen Schwestern, der Kreuzschwestern, schulte ich mich. Ich begann mich weniger mit mir selbst als mit meiner nächsten und näheren Umgebung zu befassen, sie zu durchforschen; nachdem ich tatsächlich jetzt nicht mehr positiv und also unmittelbar dem Tod ausgeliefert war, konnte ich mir ein solches Studium erlauben. Was sind das wirklich für Menschen hier, und in welchen Mauern und in welchen Verhältnissen existieren sie, und wie verhält sich alles das zueinander? fragte ich mich, und ich ging an die Arbeit. Es war nicht meine erste Konfrontation mit einer größeren Menschengemeinschaft, ich kannte die Masse vom Internat und von den Krankenhäusern, in welchen ich schon gewesen war, ich kannte ihren Geruch, ihren Lärm, ihre Absichten und Ziele. Neu war, daß es sich hier tatsächlich um Ausgestoßene, Ausgeschiedene handelte, Entrechtete, Entmündigte. Hier zündete keine Phrase, die weltbewegenden Schlagwörter trafen nicht. Hunderte waren hier in ihre scheußlichen Schlafröcke geschlüpft, in diese Schlafröcke hineingeflüchtet, um sie zu irgendeinem Zeitpunkt, der nicht mehr weit sein konnte, mit den Totenhemden einer gerissenen Leichenausstattungsfirma in Schwarzach unten zu tauschen. Nein, ich gehörte nicht mehr dazu, der Irrtum war aufgeklärt, ich hatte abermals meinen Beobachterposten bezogen. Die hier hinausgetragen und abtransportiert wurden im Leichenwagen, gehörten einer anderen Menschenschicht an, sie hatten mit mir nichts zu tun. *Sie* waren die Befallenen, nicht ich, *sie* waren die *Todgeweihten*, nicht ich. Aufeinmal glaubte ich, ein Recht zu haben, mich abzusetzen. Ich spielte hier eine undurchschaubare Rolle, so unauffällig als nur möglich, aber ich endete in diesem Stück nicht wie sie. Die meisten hatte der Krieg hier angeschwemmt wie an eine Leidensklippe, da, von der Brutalität der Ereignisse an die Felswand geworfen, fristeten sie ihre letzten Wochen, Monate. Woher waren sie? Aus was für Verhältnissen kamen sie? Es brauchte Zeit, um ihre Herkunft ausfindig zu machen: zusammengefallene Wiener Stadtviertel, finstere, feuchtkalte Gassen der sogenannten Mozartstadt, in welcher die Krankheiten sich sehr rasch zu Todeskrankheiten entwickeln konnten, Provinznester, in welchen die Minderbemittelten, wenn sie nicht ununterbrochen aufpaßten, verrotteten, ehe sie noch erwachsen geworden waren. Die Lungenkrankheit hatte nach Kriegsende eine neue Hochblüte. Jahrelanger Hunger, jahrelange Verzweiflung hatten alle diese Leute unweigerlich in die Lungenkrankheit, in die Spitäler, schließlich nach Grafenhof befördert. Sie waren aus allen Schichten gekommen, aus allen Berufen, Männer wie Frauen. Einmal als lungenkrank klassifiziert, waren sie auch schon hierher abgeschoben. Heilstätte als Isolationshaft. Die sogenannte gesunde Welt hatte eine panische Angst vor dem Wort *Lungenkrankheit*, vor dem Begriff der *Tuberkulose*, geschweige denn vor dem Begriff der *offenen Lungentuberkulose;* sie hat sie heute noch. Sie fürchtete sich vor nichts mit einer größeren Intensität. *Was* es tatsächlich bedeutete, lungenkrank zu sein, positiv zu sein, erfuhr ich am eigenen Leib erst später. Ob ich es glaubte oder nicht, es war in jedem Falle ungeheuerlich, menschenunwürdig. Schon bevor ich nach Grafenhof gekommen war, von dem Augenblick an, in welchem ich wußte, nach Grafenhof gehen zu müssen, getraute ich mir diese Tatsache nicht und niemandem zu sagen, hätte ich gesagt, ich gehe nach Grafenhof, ich wäre schon draußen, also in Salzburg, erledigt gewesen. Ob meine Leute wußten, *was* Grafenhof wirklich bedeutete, weiß ich nicht, sie hatten sich diese Frage nicht gestellt, dafür hatten sie keine Zeit, ihr Augenmerk war auf die Krankheit meiner Mutter, die schon als tödlich erkannt gewesen war, gerichtet. Ohne daß ich selbst es mir voll und ganz erklären hatte können, war mir das Wort Grafenhof schon seit frühester Kindheit als Schreckenswort bekannt. Es war schlimmer, nach Grafenhof zu gehen, als nach Stein oder Suben oder Garsten, in die berühmten Strafanstalten. Mit einem Lungenkranken verkehrte man nicht, es wurde ihm aus dem Weg gegangen. Einmal von der Lungenkrankheit befallen, tat das Opfer gut daran, diesen Sachverhalt zu verschweigen. Auch die Familien isolierten, ja ächteten ihre Lungenkranken, die meinige nicht ausgenommen. Aber es war ihnen in meinem Falle nicht möglich, sich tatsächlich *ganz* auf meine Lungenkrankheit zu konzentrieren, denn der Gebärmutterkrebs meiner Mutter, der zu jener Zeit schon in sein gefährlichstes, schmerzhaftestes und gemeinstes Stadium getreten war, beschäftigte sie naturgemäß mehr. Meine Mutter lag schon monatelang im Bett, mit Schmerzen, die auch von stündlich und in noch viel kürzeren Abständen gegebenen Morphiumspritzen nicht mehr gestillt, ja nicht einmal mehr gelindert werden konnten. Ich hatte ihr gesagt, ich ginge nach Grafenhof, aber es war ihr sicher nicht bewußt gewesen, was das bedeutete. Sie wußte, als ich mich von ihr verabschiedete, schon, daß sie in kurzer Zeit sterben würde, ob in einem halben, ob in einem ganzen Jahr, war nicht mit Sicherheit auszumachen, sie hatte ein kräftiges Herz auch noch zu dem Zeitpunkt, als sie schon gänzlich abgemagert war und nurmehr noch Haut und Knochen hatte. Ihr Verstand war von dieser fürchterlichsten aller Krankheiten nicht getrübt gewesen, er war es bis zu ihrem Ende nicht, das noch eine Zeit auf sich warten ließ, obwohl wir alle es sehnlichst herbeiwünschten, weil wir den Zustand meiner Mutter nicht mehr mitanschauen, ganz einfach nicht mehr ertragen konnten. Als ich mich von meiner Mutter verabschiedete, um nach Grafenhof zu gehen, in diese neue Ungewißheit, hatte ich ihr ein paar meiner Gedichte vorgelesen. Sie hatte geweint, beide hatten wir geweint. Ich hatte sie umarmt und meinen Koffer gepackt und war verschwunden. Würde ich sie überhaupt wiedersehen? Sie hatte meine Gedichte anhören *müssen,* ich hatte sie erpreßt, ich hatte die Gewißheit, meine Gedichte sind gut, Produkte eines achtzehnjährigen Verzweifelten, der außer diesen Gedichten nichts mehr zu haben schien. Ich hatte mich schon zu dieser Zeit in das Schreiben geflüchtet, ich schrieb und schrieb, ich weiß nicht mehr, Hunderte, Aberhunderte Gedichte, ich existierte nur, wenn ich schrieb, mein Großvater, der Dichter, war tot, jetzt durfte *ich* schreiben, jetzt hatte *ich* die Möglichkeit, selbst zu dichten, jetzt getraute ich mich, jetzt hatte ich dieses Mittel zum Zweck, in das ich mich mit allen meinen Kräften hineinstürzte, ich mißbrauchte die ganze Welt, indem ich sie zu Gedichten machte, auch wenn diese Gedichte wertlos waren, sie bedeuteten mir alles, nichts bedeutete mir mehr auf der Welt, ich hatte nichts mehr, nur die Möglichkeit, Gedichte zu schreiben. So war es das Natürlichste, daß ich, bevor ich mich von meiner Mutter, die wir zuhause gelassen hatten, weil wir wußten, was, sie dem Krankenhaus ausliefern, bedeutete, verabschiedete, ihr Gedichte aus meinem Kopfe vorgelesen hatte. Wir hatten nicht die Kraft, etwas zu sagen, wir weinten nur und drückten unsere Schläfen aneinander. Meine Reise nach Grafenhof durch das finstere Salzachtal war die bedrückendste meines Lebens. In meinem Gepäck hatte ich auch ein Bündel Papier mit meinen letzten Gedichten. Bald werde ich außer diesem Gedichtbündel nichts mehr haben auf der Welt, das mir etwas bedeutet, an das ich mich klammern kann, hatte ich gedacht. Tuberkulose! Grafenhof! Und meine Mutter in einem rettungslosen Zustand, von den Ärzten aufgegeben. Ihr Mann, mein Vormund, und meine Großmutter waren, so kurz nach dem Tod meines Großvaters, schon wieder auf die Probe gestellt. Jetzt fuhr ich mit dem Frühzug auf das Schreckenswort zu: *Grafenhof!* Danach zu fragen hatte ich mich nur halblaut getraut. Zweihundert Meter vor der Heilstätte waren überall Schilder angebracht mit der Aufschrift: *Halt. Anstalt. Verbotener Weg.* Kein Gesunder überging diese Mahnung freiwillig. Von der Heilstätte aus lautete der Text: *Halt! Durchgang verboten!* Ich ging in eine Verzweiflung hinein, und ich hatte eine Verzweiflung zurückgelassen. Da, wo ich hergekommen war, herrschte schon mit größter Entschiedenheit der Tod, da, wo ich angekommen war, ebenso. Heute ist dieser Zustand von damals nurmehr schwer und nur unter den größten Widerständen überhaupt andeutbar. Meine Geistesverfassung kann nicht mehr wiedergegeben werden, mein Gefühlszustand läßt sich nicht mehr ausmachen, ich hüte mich auch, weiter zu gehen, als unbedingt notwendig, weil mir selbst die Peinlichkeit einer Grenzüberschreitung in Richtung auf die oder überhaupt auf eine diesbezügliche Wahrheit unerträglich ist. Obwohl ich aber in die Hölle hineingegangen war, indem ich nach Grafenhof hineingegangen bin, hatte ich doch zuerst das Gefühl gehabt, ich bin der Hölle entronnen, entkommen bin ich ihr, das Entsetzen, das Unerträgliche habe ich zurückgelassen. Ruhe umgab mich aufeinmal, Ordnung. Einem unmenschlichen, wenn auch gottgewollten Chaos war ich davongelaufen, so dachte ich, und ich hatte sogar ein schlechtes Gewissen, denn ich hatte ja die Meinigen mit meiner todkranken Mutter zurückgelassen, mit allem Elend, mit allen Fürchterlichkeiten. Scham empfand ich, daß ich hierher, in *die geordnete Versorgung,* gegangen war. *Aus dem Chaos* einer hilflosen, schon beinahe völlig zerstörten Familie *in Pflege.* Hier bekam ich aufeinmal Mahlzeiten zu ganz genau festgesetzten Zeiten, war ich alles in allem in Ruhe gelassen und konnte ich mich einmal tatsächlich ausschlafen, was mir zuhause schon wochenlang nicht mehr möglich gewesen war, keiner von uns hatte mehr schlafen können, alles war auf die todkranke Mutter konzentriert gewesen, die ununterbrochen medizinisch versorgt werden mußte. Der Mann meiner Mutter, der Vormund, und meine Großmutter hatten sich im wahrsten Sinne des Wortes aufgeopfert, vollkommen selbstlos, alles auf sich genommen, was sonst nur in einer Klinik zu leisten ist, beispielsweise über Monate, schließlich weit über ein Jahr hinaus stündliche Verabreichungen von Injektionen Tag und Nacht und alles andere, das nur der wissen, begreifen und achten kann, der es geleistet oder tatsächlich mit eigenen Augen unmittelbar gesehen hat. Wie leichtfertig gehen die, die nie in eine solche Lage gekommen sind, mit ihren Urteilen um, sie wissen nichts vom *Leiden*. Es war ja noch nicht lange her, daß ich den mir liebsten Menschen verloren hatte, meinen Großvater, ein halbes Jahr später hatte ich auch schon die Gewißheit, den zu verlieren, der mir nach ihm am nächsten war: meine Mutter. Mit diesem Bewußtsein hatte ich meine Reise nach Grafenhof angetreten, mit dem Papierkoffer, in welchem meine Mutter und ich in den Kriegsjahren gemeinsam Erdäpfel von den Bauern nachhause getragen hatten. *Du fährst auf Erholung,* hatte meine Mutter zu mir gesagt, *erhol' dich gut.* Immer wieder habe ich diese Worte im Ohr, ich höre sie heute wie damals, so gut gemeint und vernichtend! Wir alle hatten bei

Kriegsende gedacht, davongekommen zu sein, und fühlten uns sicher; daß wir überlebt hatten Fünfundvierzig, hatte uns insgeheim glücklich gemacht, abgesehen von den Fürchterlichkeiten, die in keinem Verhältnis zu anderen großen und noch größeren und größten Fürchterlichkeiten gestanden waren, wir hatten viel mitgemacht, aber doch nicht das größte Elend, wir hatten viel erdulden müssen, aber doch nicht das tatsächlich Unerträgliche, wir hatten viel einstecken müssen, aber doch nicht das Entsetzlichste, und jetzt, ein paar Jahre nach dem Krieg, waren wir doch nicht davongekommen, jetzt schlug es zu, hatte uns eingeholt, wie wenn es uns aufeinmal urplötzlich zur Rechenschaft gezogen hätte. Auch wir durften nicht überleben! Ich war aus dem Totenzimmer meiner Mutter hinausgegangen und nach Grafenhof gefahren, um in ein Totenhaus einzuziehen, in ein Gebäude, in welchem sich, solange es besteht, der Tod niedergelassen hat, hier gab es nur Totenzimmer, und hier gab es viele, wenn nicht überhaupt nur Todeskandidaten und immer wieder Tote, aber diese Todeskandidaten und diese Toten gingen mir naturgemäß nicht so nahe wie meine Mutter. Diese Totenzimmer schaute ich an, beobachtete ich, aber sie erschütterten mich nicht, sie hatten nicht die Kraft, mich zu vernichten, sowenig wie die Toten, die ich hier zu sehen bekommen habe. Grafenhof war im ersten Moment kein Schock für mich, eher eine Beruhigung. Aber diese Beruhigung war ein Selbstbetrug. Ich getraute mich, Atem zu schöpfen ein, zwei Tage. Dann gestand ich selbst mir meine Irrtümer ein. Das Leben ist nichts als ein Strafvollzug, sagte ich mir, du mußt diesen Strafvollzug aushalten. Lebenslänglich. Die Welt ist eine Strafanstalt mit sehr wenig Bewegungsfreiheit. Die Hoffnungen erweisen sich als Trugschluß. Wirst du entlassen, betrittst du in demselben Augenblick wieder die gleiche Strafanstalt. Du bist ein Strafgefangener, sonst nichts. Wenn dir eingeredet wird, das sei nicht wahr, höre zu und schweige. Bedenke, daß du bei deiner Geburt zu lebenslänglicher Strafhaft verurteilt worden bist und daß deine Eltern schuld daran sind. Aber mache ihnen keine billigen Vorwürfe. Ob du willst oder nicht, du hast die Vorschriften, die in dieser Strafanstalt herrschen, haargenau zu befolgen. Befolgst du sie nicht, wird deine Strafhaft verschärft. Teile deine Strafhaft mit deinen Mithäftlingen, aber verbünde dich nie mit den Aufsehern. Diese Sätze entwickelten sich in mir damals ganz von selbst, einem Gebet nicht unähnlich. Sie sind mir bis heute geläufig, manchmal sage ich sie mir vor, sie haben ihren

Wert nicht verloren. Sie enthalten die Wahrheit aller Wahrheiten, so unbeholfen sie auch abgefaßt sein mögen. Sie treffen auf jeden zu. Aber nicht immer sind wir bereit, sie anzunehmen. Oft geraten sie in Vergessenheit, manchmal jahrelang. Aber dann sind sie wieder da und klären auf. Im Grunde war ich auf Grafenhof vorbereitet. Ich hatte das Salzburger Krankenhaus, ich hatte Großgmain hinter mir. Ich hatte schon die Elementarschule der Krankheiten und des Sterbens hinter mir, ja schon die Mittelschule. Ich beherrschte das Einmaleins der Krankheit und des Sterbens. Nun besuchte ich auch schon den Unterricht in der Höheren Mathematik der Krankheit und des Todes. Diese Wissenschaft hatte mich, zugegeben, immer schon angezogen gehabt, jetzt entdeckte ich, daß ich sie mit Besessenheit studierte. Längst hatte ich alles allein dieser Wissenschaft unterworfen, ganz von selbst war ich auf diese Wissenschaft gekommen, die Umstände hatten mich in keine andere als in diese Wissenschaft führen müssen, in welcher alle übrigen Wissenschaften enthalten sind. Ich war in dieser Wissenschaft aufgegangen, so hatte ich mich selbst auf die natürlichste Weise vom wehrlosen Opfer zum Beobachter dieses Opfers und gleichzeitig zum Beobachter aller andern gemacht. Dieser Abstand war einfach lebensnotwendig, nur so hatte ich die Möglichkeit, meine Existenz zu retten. Ich kontrollierte meine Verzweiflung und die der anderen, ohne sie tatsächlich beherrschen, geschweige denn abstellen zu können. Es herrschten hier die strengen Regeln, wie ich sie schon von den anderen Anstalten kannte, wer sich nicht an diese Regeln hielt, wurde bestraft, im schlimmsten Falle mit sofortiger Entlassung, was aber tatsächlich nicht im Interesse eines einzigen Patienten gewesen war. Es hatte immer wieder derartige fristlose Entlassungen gegeben, ob tatsächlich zu Recht oder nicht, kann ich nicht sagen, aber diese Entlassenen kamen in den meisten Fällen in kürzester Zeit um, weil sie, außer Kontrolle geraten, mit der Gefährlichkeit und beinahe mit Sicherheit Tödlichkeit ihrer Krankheit nicht vertraut, in der brutalen, ahnungslosen sogenannten gesunden Welt umkommen mußten. Aus der Anstalt entlassen, überließen sie sich naturgemäß augenblicklich ihrem tatsächlich unersättlichen Lebens- und Existenzhunger und gingen darin und im Unverständnis und in der Ahnungslosigkeit und Rücksichtslosigkeit der Gesundengesellschaft unter. Es sind mir zahllose Beispiele bekannt, daß Entlassene, nicht gesunde, sondern sogenannte fristlos oder auf eigene Gefahr Entlassene, nicht lange überlebt haben. Aber davon ist hier nicht die Rede. Um sechs Uhr wurde aufgestanden, um sieben Uhr war das Frühstück, um acht lagen alle schon auf der Liegehalle, auf welcher um neun die Visite erschien, jahrelang mit dem gleichen Zeremoniell in der gleichen Besetzung, nicht nur was die Ärzte betrifft, auch die Patienten waren oft jahrelang dieselben, weil die meisten jahrelang in Grafenhof bleiben mußten, nicht, wie sie vielleicht in ihrer Ahnungslosigkeit bei ihrer Einweisung geglaubt hatten, wochenlang oder monatelang, nach Grafenhof eingewiesen werden hieß in den meisten Fällen, auf Jahre in Grafenhof sein, in jahrelanger Isolierung, in jahrelanger Anhaltung, Verwahrung, wie immer. Wie gut, daß der Neue nicht wußte, wie lange er hier zu sein hatte, er hätte nicht mitgemacht. Die wenigsten konnten Grafenhof nach drei Monaten verlassen und von diesen wenigsten die wenigsten für immer, bald waren sie wieder in der Anstalt, zum zweitenmal ausgiebig, jahrelang. Selbst mit einem lächerlichen Schatten, wie ich ihn hatte, mußte man mindestens drei Monate in Grafenhof bleiben, das erfuhr das von der Gesundheitsbehörde getäuschte Opfer sofort nach der Aufnahme. Drei Monate war die Mindestgrenze, sie verlängerte sich auf sechs Monate, auf neun Monate und so fort, es gab Patienten, die drei und mehr Jahre in Grafenhof waren, die sogenannten Alteingesessenen, die sofort an ihrem Gehaben zu erkennen waren, durch ihre Rücksichtslosigkeit und Kaltblütigkeit gegenüber den anderen, durch ihr Verhalten den Ärzten gegenüber, es war ihnen nichts vorzumachen, und sie zerstreuten immer, wo sie auftauchten, alle Zweifel darüber, was sie wußten, sie waren immer die Überlegenen, kranker und hoffnungsloser als alle anderen, aber überlegen, dem Tode näher als alle anderen, aber überlegen. Sie waren außen und innen abstoßend und von den Ärzten ebenso gefürchtet wie von den übrigen Patienten, sie hatten sich mit der Zeit Rechte erworben, die die anderen nicht haben konnten, die ihnen niemand streitig machen konnte, auch die Ärzte nicht, die Schwestern nicht, niemand, sie waren dem Tod am nächsten, dadurch hatten sie Vorteile. Sie waren die eigentlichen Herrscher und die Peiniger ihrer Mitpatienten. Wer hier neu hereinkam, hatte es nicht leicht, er war ganz unten und mußte schauen, wie er sich hinaufarbeitete, aus der absoluten Unterprivilegiertheit heraus in die Höhe, das war ein mühseliger Prozeß, er dauerte nicht nur Monate, er dauerte Jahre. Aber die meisten hatten diese Zeit gar nicht, sie starben früher. Sie kamen herein und waren eine Zeitlang gesehen, machten alles mit, was vorgeschrieben war, und verschwanden dann, zuerst in kleineren Zimmern, dann in einem Krankenwagen, der sie nach Schwarzach brachte in das dortige ordentliche und allgemeine Spital, wo sie binnen kurzem starben, denn im Grunde war man über Todesfälle unter den Patienten in Grafenhof nicht glücklich, und stand ein Tod unmittelbar bevor, entledigte man sich des Opfers, man entzog es den Blicken, brachte es nach Schwarzach, begnügte sich mit der Todesnachricht aus dem Spital. Aber nicht immer waren diese Todesfälle vorauszusehen, dann machte der Leichenwagen im Hof seine Runde, argwöhnisch betrachtet von allen Seiten, ich habe das Zuklappen der Hintertüren dieses Leichenwagens noch im Ohr, manchmal höre ich es, auch mitten am Tag, völlig unvermittelt, auch heute noch. War die Visite zuende, wurde wieder umso eifriger gespuckt, die Patienten unterhielten sich, obwohl es strengstens verboten war, während der Liegezeiten miteinander zu sprechen, Medizinisches wurde ausgetauscht, begutachtet, die Ärzte wurden der Kritik unterzogen oder auch nicht. Die Lethargie war meistens zu groß für Bewegungen, schlaff und steif lagen alle da unter ihren Kotzen und starrten vor sich hin. Ihre Blicke waren immer nur auf den Berg gerichtet, auf das zweitausend Meter hohe Heukareck, auf die graue, unüberbrückbare Felswand. Meine Schicksalswand! Zuerst hatten sie sich zu fügen, dann einzurichten nach ihren Möglichkeiten, die in einer Anstalt wie Grafenhof naturgemäß nur beschränkt sein konnten, die Patienten, wie viele, weiß ich nicht mehr, vielleicht waren es zweihundert meiner Schätzung nach, etwa die Hälfte Frauen, die im ersten Stock untergebracht waren, streng isoliert von den Männern im zweiten. Ebenerdig gab es noch mehrere sogenannte Loggien für *besondere Patienten*, die entweder *besonders krank* oder *besonders bevorzugt* waren ihrer gesellschaftlichen Stellung, ihrer Reputationen wegen, Frauen und Männer. Sie hatte ich nur von weitem gesehen, vom Stiegenhaus aus. Mein Zwölferzimmer war mein Ausgangspunkt, ich durfte nicht erwarten, bald aus diesem Zimmer herauszukommen, warum auch. Nach und nach lernte ich die Namen und die Eigenheiten meiner Mitpatienten kennen, war ich ursprünglich von meinem Großvater zu einem absoluten Einzelmenschen erzogen worden mit allen Mitteln, mit allen Konsequenzen nach seinen und meinen Möglichkeiten, so hatte ich es in den letzten Jahren gelernt, mit anderen zusammenzusein, und besser und eindringlicher gelernt als andere, ich war inzwischen an die größere Gemeinschaft gewöhnt, das

47

Internat hatte es mich gelehrt, die Krankenhäuser hatten mich dafür reif gemacht, ich hatte keine Schwierigkeiten mehr damit, ich war es schon gewohnt, mitten unter vielen zu sein mit den gleichen Möglichkeiten oder Unmöglichkeiten, unter den gleichen Voraussetzungen, unter denselben Bedingungen, die nicht leicht waren. So hatte ich wenig Schwierigkeiten bei meinem Antritt in Grafenhof, was die Gemeinschaft betrifft, wieder war es eine Leidensgemeinschaft gewesen. Das Zwölferzimmer war, bis auf den Doktor der Rechte, von Lehrlingen und Hilfsarbeitern belegt, die alle in meinem Alter waren, zwischen siebzehn und zweiundzwanzig. Auch hier herrschten alle möglichen Übelstände einer aufeinander angewiesenen Menschengemeinschaft, auch hier herrschten der Argwohn, der Neid, die Rechthaberei, aber auch der Übermut und der Witz, wenn diese auch sehr gedämpft, dem Leidenszustand dieser jungen Menschen angemessen gewesen waren. Gleichmut war vorherrschend, nicht Gleichgültigkeit. Auf keinen der Scherze, die in solchen Gemeinschaftszimmern üblich sind, wurde verzichtet, aber die Roheit und die Brutalität waren nur eine halbe, genauso die Lustigkeit, selbstverständlich. Hier ahnte man mehr, als man wußte, obwohl hier alle schon sehr viel wußten, weil sie schon sehr viel gesehen hatten. Der junge Mensch überspielt aber noch mit größtem Geschick und mit dem allergrößten Phantasievermögen das Unabwendbare, das Entsetzliche, das er doch schon genau zu sehen bekommt. Er nimmt wahr, aber er ist noch nicht zur Analyse bereit. Zum Unterschied vom Krankenhaus waren die meisten in der Lungenheilstätte nicht an ihr Bett gebunden, sie konnten aufstehen und umhergehen, den Tagesablauf nach Vorschrift befolgen. Sie konnten sich innerhalb der Gesetze, die hier herrschten, frei bewegen, sie waren imstande, die Heilstätte bis an die gesetzten Grenzen, Markierungen, Zäune zu verlassen, Spaziergänge zu unternehmen, allein oder nicht, wie immer. Ich hatte mich einem wenn auch schon ungefähr zehn Jahre älteren, so doch noch sehr jungen Mann angeschlossen, den ich zum erstenmal in der Kapelle gesehen hatte, er war hinter dem Harmonium, das dort stand, gesessen und hatte etwas über Johann Sebastian Bach phantasiert, allein. Er war Kapellmeister von Beruf und von den geistlichen Schwestern dazu ausersehen, ihre täglichen Messen auf dem Harmonium zu begleiten, ich fand sein Spiel außergewöhnlich, es hatte mich sofort angezogen gehabt, ich war darauf aufmerksam geworden auf dem Gang zur Liegehalle, ich war stehengeblieben und in die Kapelle hineingegangen. Zuerst hatte ich mich nicht getraut, den Mann anzusprechen, aber dann hatte ich mir Mut gemacht und mich vorgestellt. So hatte eine bis heute andauernde Freundschaft begonnen, eine Zeugenfreundschaft wie keine zweite. Die Musik hatte mich einen Menschen finden, mich einem Menschen anschließen lassen, die Musik, die mir so viele Jahre alles gewesen war und die ich schon so lange nicht mehr gehört hatte, da war sie wieder und so kunstvoll wie lange nicht. Ich hatte einen Gesprächspartner für Spaziergänge, einen Erklärer, einen Aufklärer, einen jungen, zugleich erfahrenen Menschen, der schon viel gereist war, viel gesehen hatte. Er war Mozarteumabsolvent und hatte in der Schweiz ein Engagement gehabt, weil in Österreich für ihn kein Platz gewesen war, dieses Land hat für seine eigenen Künstler nie Platz gehabt, es trieb sie hinaus in alle Länder, rücksichtslos, auf die brutalste Weise. Hier war es schon wieder, das Beispiel, von welchem ich immer gesprochen habe, immer sprechen werde: der in der Heimat mißachtete, ja verachtete Künstler, der das Weite zu suchen hat. In Österreich werden die hervorragendsten Künstler produziert, um ausgestoßen zu werden in alle Welt, gleich welcher Art ihre Kunst ist, die Begabtesten werden abgestoßen, hinausgeworfen.

Was bleibt, sind die Anpassungsfähigen, die Mittelmäßigen, die Kleinen und Kleinsten, die in diesem Lande schon immer das Sagen gehabt haben und haben, die die Kunstgeschicke dieses Landes lenken, ehrgeizig, engstirnig, kleinbürgerlich. Krank und verzweifelt oder weltberühmt kommen die Begabtesten, die Genialen zurück, in jedem Falle zu spät, dann, wenn sie halbtot oder alt sind. Doch das ist eine alte Geschichte, die ich nicht müde werde immer dann wenigstens anzudeuten, wenn die Gelegenheit dazu da ist. Noch hatte ich ja damals nicht viele Künstler kennengelernt, wenigstens nicht persönlich, und ihre Lebensläufe waren mir nicht bekannt, weder ihre Regel kannte ich noch ihre Ausnahmen. Mein Freund war ein ungewöhnlich begabter Musiker, der einen klaren Kopf zu haben schien, einen geschärften Verstand, weshalb es für mich ein Vergnügen war, mich mit ihm zu unterhalten. Mittellos, verdingte er sich in den Sommermonaten, weit weg von den Musikzentren Zürich und Luzern, als Barmusiker in Arosa, das hatte ihn krank gemacht. Nun war er schon viele Monate, fast ein Jahr lang in Grafenhof. Wir saßen sehr oft auf einer Bank über der Frauenliegehalle, er berichtete, ich hörte zu. Ich hatte einen Gesprächspartner, von welchem ich vieles lernen konnte, lange hatte ich einen solchen Menschen mit seinen Fähigkeiten vermißt, mir schien, seit dem Tod meines Großvaters hatte ich keinen mehr gehabt, dem ich zuhören konnte, ohne verzweifeln zu müssen, und dem ich vertrauen konnte. Er war liechtensteinischer Staatsbürger wie sein Vater, der aus Liechtenstein stammte, er war aber in Salzburg geboren. Wir hatten unzählige Themen von Anfang an, die Kunst, die Musik, Salzburg, Österreich, die Krankheit, aber von dieser redeten wir am wenigsten, nicht wie die andern, die beinahe nur von der Krankheit redeten, das brauchten wir nicht, denn die Krankheit und ihren Verlauf zu beobachten war das Selbstverständlichste, wir hatten bessere, nützlichere Themen, den Kontrapunkt beispielsweise, die Bachschen Fugen, die Zauberflöte, Orpheus und Eurydike, Richard Wagner und Debussy. Da mein Freund neben dem Englischen, Französischen und Russischen auch das Italienische beherrschte, bat ich ihn, mir in dieser Sprache Unterricht zu erteilen, ich dachte, das wäre mir nützlich als Sänger. Ich hatte die Idee, Sänger zu werden, noch nicht aufgegeben, im Gegenteil, sie verfolgte ich jetzt mit der größten Intensität, nachdem ich wußte, daß eine ganze Reihe von zum Teil berühmten Sängern in ihrer Jugend lungenkrank gewesen waren, die Krankheit überwunden hatten und ihre Kunst ausgeübt haben jahrzehntelang. Eine große Kaverne hinderte einen Sänger nicht, Jahre später in Bayreuth den Wotan zu singen. So saßen wir beinahe täglich auf der Bank über der Frauenliegehalle beim Italienischunterricht. Zwischen den vorgeschriebenen Liegezeiten selbstverständlich, anstatt spazierenzugehen. Nach langer Zeit hatte ich wieder Freude, ich war fröhlich, ich hatte Gefallen an einem Menschen, der mir die abgerissenen Schnüre, die meine Existenz mit einer erfreulicheren Welt verbunden gehabt hatten, wieder zusammenknotete, wie lange hatte ich die Wörter *Harmonie*, *Dissonanz*, *Kontrapunkt*, *Romantik* etcetera, das Wort *schöpferisch*, das Wort *Musik* nicht mehr gehört, alle diese Begriffe und noch Tausende andere waren in mir abgestorben gewesen. Jetzt waren sie aufeinmal wieder die Bezugspunkte, die ganz einfach notwendig waren, um existieren zu können. Aber diese gehobenen Stimmungen änderten nichts an der Tatsache der gleichmäßig dumpfen Traurigkeit, die hier herrschte, von welcher nichts ausgeschlossen war, alles war diese dumpfe Trostlosigkeit, von früh bis spät, von der ersten bis zur letzten Stunde jeden Tages. Und alles hatte sich längst an diese dumpfe Trostlosigkeit gewöhnt. Einmal dachte ich, ich werde wieder draußen sein und mein Studium aufnehmen und Sänger werden, und ich sah mich eine eingeschlagene Laufbahn entwickeln in den bedeutendsten Konzertsälen, in den größten Opernhäusern der Welt, einmal dachte ich, ich werde nie mehr gesund werden, nie mehr hinauskommen, in Grafenhof gleich den vielen anderen aufgeben, absterben, ersticken. Einmal dachte ich, ich werde sehr bald aus Grafenhof entlassen und gesund sein, einmal, meine Krankheit wird sich nicht eindämmen lassen, sie wird sich, folgerichtig, zu jener entwickeln, die alle Hoffnung zunichte macht wie in den meisten meiner Mitpatienten. Mein Denken war kein Ausnahmedenken, mein Empfinden kein Ausnahmeempfinden. Wahrscheinlich ging in allen das Gleiche vor, bei dem einen stärker, bei dem anderen abgeschwächter, der eine machte sich größere Hoffnung, der andere eine weniger große, der eine würgte an der größten, der andere an der weniger großen Hoffnungslosigkeit. Wenn ich dann in die grauen, ja graublauen Gesichter der Todkranken schaute, zusah, wie sie sich nach und nach immer mehr in ihre heimlichen unheimlichen Winkel verkrochen, sie beobachtete, wie sie sich an den Wänden entlangtasteten, kaum mehr fähig, ihren total abgemagerten Körper aufrechtzuhalten, in ihren schlotternden Schlafröcken platznahmen im Speisesaal, mit geknickten Knien auf ihre Sessel sinkend und tatsächlich unfähig, die Kaffeekanne aufzuheben, um sich einzuschenken, wie sie die Kaffeekannen senken oder gleich stehenlassen mußten so lange, bis sie ihnen ein anderer aufhob und ihnen einschenkte, wenn ich sie auf ihrem Weg in die Kapelle beobachtete, Schritt für Schritt an der Wand mit aus ihren schwarzgewordenen Höhlen heraushängenden Augenkugeln, verging mir freilich mein Denken an eine eigene Zukunft, überhaupt an irgendeine Zukunft, dann mußte ich denken, daß ich gar keine Zukunft mehr hatte, selbst der Traum von einer solchen Zukunft war absurd, eine Schamlosigkeit. Wie viele hatten gleich mir nur einen sogenannten Schatten gehabt und dann doch plötzlich ein sogenanntes Infiltrat und dann ein Loch und waren erledigt. *Ich habe nur einen Schatten* berechtigte zu nichts, diese Tatsache war viel eher die freie Fahrt ins Verderben. Wie oft witzelte ich und sagte, *ich habe nur einen Schatten,* und die Ungeheuerlichkeit, ja Schamlosigkeit dieser Witzelei erschreckte mich, daß ich mich überhaupt getraute, in dieser Weise zu witzeln, dessen schämte ich mich noch während der Witzelei. Immer wenn ich vom Röntgen zurückgekommen war, erlaubte ich mir eine Spekulation mit der Zukunft: war mein Schatten verkleinert oder wenigstens gleichgeblieben, so hatte ich eine, war er vergrößert, hatte ich keine. Die Ärzte ließen sich nicht in die Karten schauen. Es war absolut ein Glücksspiel, es gab keine Möglichkeit, zu schwindeln. Ich werde singen, sagte ich, eine Stunde später, ich werde nicht singen. Ich werde bald entlassen, gesund entlassen, eine Stunde später, ich werde nicht entlassen. Fortwährend war ich von diesen entsetzlichen Spekulationen hin und her gerissen. So ist es allen ergangen, jedem auf seine Weise. Wir steckten alle in einer tödlichen Haut und theoretisierten und phantasierten uns heraus, aber waren überzeugt, daß wir zusammen und ohne Ausnahme scheitern müssen. Ich saß auf der Bank am Hang über der Frauenliegehalle und fragte mich: war ich vielleicht für meine Kühnheit bestraft worden? Weil ich von einem Augenblick auf den andern in die entgegengesetzte Richtung gegangen war, anstatt ins Gymnasium eines Morgens in die Kaufmannslehre? Dort, beim Abladen der Erdäpfelfuhre hatte ich mir die Krankheit geholt, eingewirtschaftet, wie mein Großvater gesagt hatte. Ich war nicht mutig, ich war *übermütig* gewesen. Aber was nützten diese Gedanken jetzt? Ich habe das Krankenhaus, ich habe Großgmain, ich habe schließlich die Letzte Ölung hinter mich gebracht, so werde ich auch Grafenhof hinter mich bringen. Wenn meine Mutter stirbt, denn daß sie sterben wird, darüber gab es nicht den geringsten Zweifel, bin ich tatsächlich gänzlich allein, habe ich gedacht, ich habe keinen wichtigen verwandten Menschen mehr außer meiner Großmutter. Ich wartete auf diesen Zeitpunkt, ich fragte jeden Tag in der Frühe an der Portierloge um Post, aber ich bekam keine, mich erreichte kein Lebenszeichen aus Salzburg, meine Leute waren immer schreibfaul gewesen, es herrschte Totenstille zwischen mir und also hier und Salzburg mit den Meinigen. Wenn sie mir nur einmal in der Woche geschrieben hätten! Das taten sie nicht, sie schrieben mir nicht, nicht ein einziges Mal habe ich, solange ich in Grafenhof gewesen bin, Post von ihnen bekommen. Schreibfaulheit? Ich haßte dieses Wort, wenn es mir einfiel. Die Zeit zwischen Großgmain, dem sogenannten Sanatorium, dem Todeshotel, von dessen Balkonen man gerade auf die Aufhäufelungen auf dem Friedhof schauen konnte, und Grafenhof war ja auch deprimierend gewesen, heute muß ich das Wort *Abschied* darüber schreiben, denn ich hatte in dieser Zeitspanne von allem Abschied genommen, Abschied nehmen müssen, ich könnte jetzt aufzählen was immer, ich habe davon Abschied genommen. Ich bin durch die Salzburger Straßen geirrt und auf die Salzburger Hausberge gestiegen und immer wieder zu dem frischen Grab des Großvaters, überallhin nur zu dem Zweck, Abschied zu nehmen. Kam ich wieder nachhause, ausgehungert, ermüdet, im eigentlichen Sinne lebensüberdrüssig, hieß es wieder, von meiner Mutter Abschied zu nehmen. Die ganze Wohnung war angefüllt von ihrem Fäulnisgeruch, überallhin und überallhinein hatte sich dieser Fäulnisgeruch ausgebreitet. Sie wußte, daß sie sterben würde und woran, niemand hatte es ihr gesagt, aber sie war zu klug, zu hellhörig, es entging ihr nichts. Sie ertrug ihre Krankheit ohne Vorwürfe gegen ihre Umgebung, ohne Vorwürfe gegen die Welt und gegen Gott. Sie starrte auf die Wände und haßte nichts, außer das Mitleid mit ihr. Damals hatte sie schon ein halbes Jahr diese *unvorstellbaren* Schmerzen, die durch kein Medikament mehr abzuschaffen, kaum mehr einzudämmen gewesen waren. Heptadon, Morphium in immer stärkeren Dosen, Tag- und Nachtdienst ihres Mannes, meiner Großmutter bis zur totalen Erschöpfung. Die Kinder, ich und meine Geschwister, waren die ahnungsvollen, aber unwissenden, naturgemäß die meiste Zeit lästigen Behinderer und Beobachter. Wir sahen alles, aber verstanden nichts, wir konnten es nicht verstehen. Auch die Krankheit meiner Mutter ging auf das Konto eines *nachlässigen* Arztes, ihn trifft die Schuld an ihrem Tod, wie auch die Schuld am Tod meines Großvaters einen *nachlässigen* Arzt trifft, er hatte zu spät gehandelt, fahrlässig, wie gesagt wird, es hatte ihn nicht betroffen gemacht, daß mein Vormund, ihr Mann, ihm diese letztenendes tödliche Nachlässigkeit vorgehalten, ihn zur Rede gestellt hatte, die Ärzte tun diese Vorwürfe mit Achselzucken ab und gehen zur Tagesordnung über. Der Chirurg ist der Mörder meines Großvaters, der Gynäkologe hat meine Mutter umgebracht, sagte ich mir, aber es war lächerlich, es war dumm und weltfremd zugleich und dazu auch noch größenwahnsinnig. Ich saß auf dem Baumstumpf zwischen zwei Buchen und beobachtete die paarweise spazierengehenden Männerpatienten weiter unten, die immer dann spazierengingen nach Vorschrift, wenn die Frauen auf der Liegehalle zu liegen hatten, die Regel war so, die Männer lagen auf der Liegehalle, wenn die Frauen spazierengingen, die Frauen gingen spazieren, wenn die Männer auf der Liegehalle waren, so verhinderte die Anstaltsleitung, daß Frauen und Männer gemeinsam spazierengingen, auf diese Weise kamen Frauen und Männer nicht zusammen, sie mußten die Vorschriften hintergehen und die fristlose Entlassung riskieren, wollten sie zusammensein. Ich saß auf dem Baumstumpf und beobachtete hinter dieser Beobachtung meine Salzburger Zwischenzeit, die Zeit zwischen Großgmain und Grafenhof, eine Schreckenszeit, eine Zeit der Demütigung und der Trauer: Ich war jenen Wegen durch die Stadt gefolgt, die ich mit meinem Großvater gegangen war, ich war durch jene Gassen gegangen, die mich zu meinen Musikstunden geführt hatten, ich getraute mich, schüchtern und in aller Heimlichkeit, sogar in die Scherzhauserfeldsiedlung, ohne allerdings den Podlaha und sein Geschäft aufzusuchen, ich stand in entsprechendem Abstand vor seiner Lebensmittelhandlung und beobachtete die Kundschaft, ich kannte sie. Ich hätte mich unter keinen Umständen in das Geschäft hineinzugehen getraut, ja ich getraute mich nicht einmal, die mir vertrauten Kunden des Podlaha, die in nur fünfzig oder hundert Metern Entfernung von mir vorbeigingen, anzusprechen, jedesmal, wenn es so ausschaute, als käme es zu einer Begegnung, zu einer Konfrontation, versteckte ich mich, ich war ein Versager, ich hatte versagt, ich hatte mich bei dem lächerlichen Abladen von Erdäpfeln im Schneetreiben verkühlt, war krank geworden, ausgeschieden aus der Scherzhauserfeldsiedlungsgemeinschaft, ausgestoßen worden, vergessen wahrscheinlich. Wie gern hätte ich diese Menschen angesprochen, mich zu erkennen gegeben, aber ich durfte nicht, aus Selbsterhaltungstrieb. So war ich wieder abgezogen, deprimierter, zurückgeworfen in eine verdoppelte Einsamkeit. Überall hatte ich versagt, zuhause, von Anfang an, als Kind, als junger Mensch, in der Schule als Kind, als junger Mensch, in der Lehre, immer und überall, diese Feststellung bedrückte mich, machte den Weg durch die Stadt zu einem Spießrutenlauf, in allen diesen Gassen und Winkeln und unter allen diesen Menschen hatte ich immer wieder versagt, hatte ich scheitern müssen, weil meine Natur so ist, mußte ich mir sagen. Ich war in die Pfeifergasse gegangen, in welcher mich *die Keldorfer, der Werner,* meine Musiklehrer, unterrichtet hatten, und hatte versagt. Ich war in die Hauptschule gegangen und hatte versagt, ich war in das Internat eingetreten und hatte versagt, in das Gymnasium, wo immer, unter Schimpf und Schande davongejagt, gedemütigt, ausgeschieden, hinausgeworfen von allem und jedem, noch heute habe ich diese Empfindungen, wenn ich durch Salzburg gehe, es ist auch heute noch jener entsetzliche Spießrutenlauf, auch noch nach drei Jahrzehnten. Auf dem Baumstumpf sitzend, sah ich mich an alle diese Haustüren anklopfen, und es wurde mir nicht aufgemacht. Ich war immer abgewiesen, niemals angenommen, aufgenommen worden. Meine Forderungen waren niemals akzeptiert worden, meine Ansprüche waren die größenwahnsinnigen, die der junge Mensch immer noch höher ansetzt, so daß sie ganz einfach nicht akzeptiert werden können, die größenwahnsinnigen Ansprüche an das Leben, an die Gesellschaft, an alles. So hatte ich hochmütig, alles fordernd, doch die ganze Zeit immer nur mit eingezogenem Kopf zu existieren gehabt. Wie war das also wirklich, fragte ich, chronologisch?, und packte alles Eingepackte, Festverschnürte wieder aus, nach und nach, jetzt hatte ich ja die notwendige Ruhe, und bis ich alles ausgepackt hatte, den Krieg und seine Folgen, die Krankheit des Großvaters, den Tod des Großvaters, meine Krankheit, die Krankheit der Mutter, die Verzweiflungen aller Meinigen, ihre bedrückenden Lebensumstände, aussichtslosen Existenzen, packte ich wieder alles ein und verschnürte es wieder. Aber ich konnte dieses festverschnürte Paket nicht liegenlassen, ich mußte es wieder mitnehmen. Ich trage es heute noch, und manchmal mache ich es auf und packe es aus, um es wieder einzupacken und zuzuschnüren. Ich bin dann nicht gescheiter. Ich werde es nie sein, das ist das Bedrückende. Und wenn ich das Paket noch dazu vor Zeugen auspacke, wie jetzt, indem ich diese rohen und brutalen und sehr oft auch sentimentalen und banalen Sätze, unbekümmert freilich wie bei keinen anderen Sätzen, auspacke, habe ich keine Scham, nicht die geringste. Hätte ich eine noch so geringe Scham, ich könnte ja überhaupt nicht schreiben, nur der Schamlose schreibt, nur der Schamlose ist befähigt, Sätze anzupacken und auszupacken und ganz einfach hinzuwerfen, nur der Schamloseste ist authentisch. Aber auch das ist natürlich so wie alles ein Trugschluß. Ich saß auf dem Baumstumpf und starrte meine Existenz an, die ich so innig lieben, gleichzeitig so entsetzlich hassen mußte. In dieser Zwischenzeit hatte ich auch meine Kaufmannsgehilfenprüfung gemacht, in der sogenannten Kammer der Gewerblichen Wirtschaft, ich hatte meine Lehrzeit zu einem ordentlichen Abschluß bringen wollen, ich durfte zu dieser Prüfung antreten, und ich hatte sie bestanden. Ich hatte zweiundsiebzig Teesorten, die vor mir ausgebreitet waren, zu bestimmen gehabt und mich nicht geirrt, ich hatte auf die Frage, ob ich in eine GRAF-Flasche Maggi einfüllen darf, wenn ein Kunde das von mir verlangt, *nein* gesagt, das war die richtige Antwort gewesen, Flaschen mit Markenzeichen dürfen nur mit dem entsprechenden

Markeninhalt gefüllt werden, das hatte ich gelernt, das verhalf mir zu einem positiven Abschluß dieser Prüfung. Aber was hatte ich jetzt von dem sogenannten Kaufmannsgehilfenbrief? Tatsache war, daß ich mit meiner kranken Lunge im Lebensmittelhandel gar nicht beschäftigt werden durfte, ebensowenig hatte ich mit derselben kranken Lunge singen können. Ich war dazu verurteilt, unter Zuhilfenahme einer kleinen Fürsorgerente den Meinigen in der Radetzkystraße zur Last zu fallen. Ich war zum Hinundhergehen, zum Herumstreunen verurteilt, ausgeschieden ganz einfach von allem. Meine einzige Hoffnung bestand darin, auf die Fahrkarte nach Grafenhof zu warten, in die Anstalt, hieß es, die als die abschreckendste bekannt und gefürchtet war. Ich konnte den Augenblick, den Zug nach Grafenhof zu besteigen, in Wahrheit gar nicht erwarten, und hatte ich die Fahrkarte nach Grafenhof in der Hand, mußte ich glücklich sein, ob ich wollte oder nicht, ich war glücklich. Ich war glücklich gewesen, in die Schreckensanstalt fahren zu dürfen, das ist die Wahrheit, so unverständlich diese Wahrheit ist. Einmal in Grafenhof, das vielleicht gar nicht so schlimm ist, wie gesagt wird, wie ich dachte, werde ich Zeit und Luft haben, über das Weitere nachzudenken, in Salzburg und unter den Meinigen hatte ich keine Zeit und keine Luft. Ich war ja immer nahe daran, zu ersticken, solange ich in Salzburg gewesen war, und ich hatte nur einen einzigen Gedanken in dieser Zeit, nämlich den Selbstmordgedanken; aber wirklich Selbstmord zu machen, dazu war ich zu feige und auch viel zu neugierig auf alles, von einer schamlosen Neugierigkeit bin ich zeitlebens gewesen, das hat immer wieder meinen Selbstmord verhindert, ich hätte mich tausendemale umgebracht, wenn ich nicht immer von meiner schamlosen Neugierde zurückgehalten worden wäre auf der Erdoberfläche. Nichts habe ich zeitlebens mehr bewundert als die Selbstmörder. Alles haben sie mir voraus, alles, habe ich immer gedacht, ich bin nichtswürdig und hänge am Leben, und ist es noch so scheußlich und minderwertig, noch so abstoßend und gemein, noch so billig und niederträchtig. Anstatt mich umzubringen, gehe ich alle widerwärtigen Kompromisse ein, mache ich mich allem und jedem gemein und flüchte in die Charakterlosigkeit wie in einen stinkenden, aber wärmenden Pelz, in das erbärmliche Überleben! Ich verachtete mich, weil ich weiterlebte. Auf dem Baumstumpf sitzend, sah ich die absolute Absurdität meiner Existenz. Auf den Friedhof zu meinem Großvater gehend und wieder zurück, sah ich mich, ein Erdhügel war von unser beider Reiseplänen geblieben, ein leeres Zimmer am Ende der Wohnung, unangetastet hingen die Kleider meines Großvaters noch immer an der Tür und im Kasten, auf seinem Schreibtisch waren noch immer die Zettel mit seinen Notizen, seine schriftstellerische Arbeit betreffend, aber auch ganz banale Pflichten, wie *Hemdknöpfe annähen nicht vergessen! Schuhreparatur! Kastentür streichen! Herta* (seine Tochter, meine Mutter) *wegen Brennholz ermahnen!* Was bedeuteten diese Zettel jetzt? Sollte *ich* mich jetzt an den Schreibtisch setzen? Dazu hatte ich kein Recht, *noch* kein Recht, hatte ich gedacht. Ich hatte auch kein Recht oder *noch* kein Recht, die Bücher aus dem Regal herauszunehmen, Goethe, Band vier, beispielsweise, Shakespeare, King Lear, Dauthendey, Gedichte, Christian Wagner, Gedichte, Hölderlin, Gedichte, Schopenhauer, Parerga und Paralipomena. Ich getraute mich nichts in dem Zimmer anzurühren. Als ob die Möglichkeit nicht auszuschließen wäre, daß der Eigentümer und Besitzer dieses Zimmers und seines ganz für ihn bestimmten Inhalts jeden Augenblick eintreten und mich zur Rede stellen könnte. Hier hatte der erfolglose, der verkannte Schriftsteller sich jeden Tag um drei Uhr früh hingesetzt und gearbeitet. *Sinnlos,* wie ich jetzt einsehen mußte, wie er selbst eingesehen hatte, er hatte es nicht gesagt, jedenfalls nicht mit Worten, aber er war in jedem Augenblick dieser Meinung gewesen, unter dieser Sinnlosigkeit hatte er seine Disziplin bis zur äußersten Disziplin getrieben, sich ein System geschaffen, das sein ureigenes gewesen war, immer mehr geworden ist, ich erkenne mein eigenes in diesem System. Gegen die Sinnlosigkeit aufstehen und anfangen, arbeiten und denken in nichts als in Sinnlosigkeit. Durfte ich seinen Gedanken jetzt weiterdenken? Durfte ich sein System übernehmen, zu dem meinigen machen? Aber es war ja von Anfang an auch mein System gewesen. Aufwachen, anfangen bis zur Erschöpfung, bis die Augen nichts mehr sehen können, nichts mehr sehen wollen, schlußmachen, das Licht ausdrehen, sich den Alpträumen ausliefern, sich ihnen hingeben wie einer Feierlichkeit ohnegleichen. Und am Morgen wieder das gleiche, mit der größten Genauigkeit, mit der größten Eindringlichkeit, *die vorgespiegelte Bedeutung*. Auf dem Baumstumpf sitzend, das Heukareck vor mir, betrachtete ich die Infamie einer Welt, aus der ich mich mit allen möglichen Vorbehalten gelöst, herausgeschwungen hatte, um sie aus meinem Winkel und durch mein Objektiv sehen zu können. Diese Welt sah genauso aus, wie sie mir mein Großvater beschrieben hatte, da ich noch ungläubig und nicht gewillt gewesen war, alles, was er mir beschrieb, anzunehmen, ich hatte ihm zugehört, aber ich hatte mich geweigert, ihm zu folgen, jedenfalls die ersten Jahre, später hatte ich selbst die Beweise für die Richtigkeit seiner Angaben: die Welt ist zum größten Teil ekelerregend, in eine Kloake schauen wir hinein, wenn wir in sie hineinschauen. Oder nicht? Ich hatte jetzt die Möglichkeit, die Angaben meines Großvaters zu überprüfen, ich war besessen davon, die Beweise für die Richtigkeit seiner Angaben in meinen Kopf zu bekommen, und ich eilte und ich jagte diesen Beweisen nach, überallhin, in alle Winkel meiner Jugendstadt und ihrer näheren Umgebung. Mein Großvater hatte die Welt richtig gesehen: als Kloake, in welcher die schönsten und die kompliziertesten Formen sich entwickelten, wenn man lange genug hineinschaut, wenn sich das Auge dieser mikroskopischen Ausdauer ausliefert. Die Kloake hatte die Naturschönheiten parat für den scharfen, für den revolutionären Blick. Aber es blieb eine Kloake. Und wer lange hineinschaut, Jahrzehnte hineinschaut, ermüdet und stirbt und/oder stürzt sich kopfüber hinein. Die Natur war die von ihm so klassifizierte grausame, die Menschen waren die von ihm so beschriebenen verzweifelten und gemeinen. Immer war ich auf der Suche nach Gegenbeweisen seiner Ansichten, in diesem Punkte, an dieser Ecke werde ich ihn desavouieren, hatte ich gedacht, aber nein, ich hatte immer nur die Bestätigung im Kopf. Er deutete es an, ich deckte es auf und bestätigte es. Auf dem Baumstumpf sitzend, praktizierte ich diese Beweisführung in der Erinnerung jetzt zur Entspannung, ich versuchte meine Recherchen zu wiederholen, sie mir abermals zu vergegenwärtigen, in dieser Art von Versuchen hatte ich schon Meisterschaft erlangt, ich hatte die Möglichkeit, die Erinnerung, wo ich wollte, abzurufen und sie wieder und wieder zu überprüfen. Meine Geschichte war inzwischen schon eine Weltgeschichte mit Tausenden, Abertausenden, wenn nicht Millionen von Daten, aufgespeichert in meinem Hirn, jederzeit abrufbar. Mein Großvater hatte mir die Wahrheit zur Kenntnis gebracht, nicht nur seine Wahrheit, auch meine Wahrheit, die Wahrheit überhaupt und dazu auch gleich die totalen Irrtümer dieser Wahrheiten. Die Wahrheit ist immer ein Irrtum, obwohl sie hundertprozentig die Wahrheit ist, jeder Irrtum ist nichts als die Wahrheit, so brachte ich mich fort, so hatte ich die Möglichkeit, weiterzugehen, so mußte ich meine Pläne nicht abbrechen. Dieser Mechanismus hält mich am Leben, macht mich existenzmöglich. Mein Großvater hatte immer die Wahrheit gesagt *und* total geirrt, wie ich, wie alle. Wir sind im Irrtum, wenn wir glauben, in Wahrheit zu sein, und umgekehrt. Die Absurdität ist der einzig mögliche Weg. Ich kannte diesen Weg, die Straße, auf welcher es weitergeht. Auf dem Baumstumpf sitzend, hatte ich mein Vergnügen, die Rechnung, die mein Großvater aufgestellt hatte, nachzuprüfen, die untereinandergeschriebenen Zahlen zusammenzuzählen, ich machte es wie der Kaufmannslehrling im Geschäft, mit der gleichen Präzision, mit der gleichen Rücksichtslosigkeit gegen den Einkäufer. Wir gehen in das Geschäft des Lebens und kaufen ein, und die Rechnung müssen wir bezahlen. Hier irrt der Verkäufer *nicht*. Alles inzwischen Zusammengezählte stimmt, es ist immer der einzig richtige Preis. Auf dem Baumstumpf sitzend, fragte ich mich nach meiner Herkunft und ob es mich überhaupt zu interessieren hat, woraus ich entstanden bin, ob ich die Aufdeckung wage oder nicht, die Unverfrorenheit habe oder nicht, mich zu erforschen von Grund auf. Ich hatte es nie getan, es war mir immer verwehrt gewesen, ich selbst hatte mich geweigert, Schicht um Schicht abzubauen, *dahinterzukommen,* ich fühlte mich nie dazu imstande, zu schwach, zugleich unfähig, und was hatte ich in der Hand und im Kopf für diese Expedition, außer Verschwommenes, Verwischtes, unmutig Angedeutetes? War ich jetzt in der Verfassung, mich preiszugeben, vor mir selbst?, das zu tun, das ich mich niemals unter den Augen der Meinigen, geschweige denn meiner Mutter getraut hatte, die Herkunft wenigstens meines Vaters zu eruieren? Ich weiß bis heute nichts von ihm, außer, daß er mit meiner Mutter in die gleiche erste Volksschulklasse gegangen ist und mit dreiundvierzig Jahren, nachdem er sich in Deutschland verheiratet und dann auch noch fünf Kinder gemacht hatte, in Frankfurt an der Oder umgekommen ist, wie, ist mir unbekannt, die einen sagten, er sei erschlagen worden, die andern, erschossen, von wem, von welcher Seite neunzehnhundertdreiundvierzig, ist *mir* nicht bekannt. Mit dieser Ungewißheit zu leben, bin ich inzwischen gewohnt, den menschlichen wie auch den politischen Nebel zu durchstoßen, dazu hatte ich nie den Mut gehabt, meine Mutter hatte es abgelehnt, auch nur ein Wort über meinen Vater zu sagen, warum, weiß ich nicht, ich bin nur auf Vermutungen angewiesen, alles, was meinen Vater betrifft, sind Vermutungen geblieben, ich fragte mich oft, weil er ja doch mein Vater gewesen ist, *wer war mein Vater?* Aber ich selbst konnte mir keine Antwort geben, und die anderen waren dazu nicht bereit. Wie groß muß das Verbrechen oder müssen die Verbrechen meines leiblichen Vaters gewesen sein, daß ich in meiner Familie, ja selbst bei meinem Großvater, seinen Namen nicht erwähnen durfte, das Wort *Alois* auszusprechen, war mir nicht erlaubt gewesen. Es sind schon wieder acht Jahre her, da hatte ich eine Schulfreundin meines Vaters ausgemacht, die auch mit meiner Mutter in die Volksschule gegangen war, die meinen Vater kannte, sehr gut kannte, wie ich jetzt weiß, und ich hatte den Mut gehabt, mit ihr einen Zeitpunkt auszumachen, zu welchem sie bereit gewesen war, über meinen Vater zu reden. Aber einen Tag vor dem Treffen entdeckte ich in der Zeitung ein schreckliches Bild: zwei geköpfte Leichen auf einer Einfahrtsstraße nach Salzburg; die Schulkameradin meiner Mutter, die einzige, die mir über meinen Vater Auskunft hätte geben können, war tödlich verunglückt. Ich hatte mit diesem Schreckensbild in der Zeitung die Gewißheit: ich darf nicht mehr nach meinem Vater fragen. Er war ein Landwirtssohn und hatte das Tischlerhandwerk erlernt, die Briefe, die er an meine Mutter geschrieben hat, sollen voller Lügen gewesen sein. Er hatte mich nicht anerkannt, er weigerte sich, auch nur einen Schilling für mich zu zahlen. Ich sehe mich in das Rathaus von Traunstein gehen an der Hand meiner Mutter mit sieben, acht Jahren, damit mir eine Blutprobe abgenommen hatte werden können, Beweis für die Vaterschaft des *Alois Zuckerstätter*, meines Vaters. Die Blutprobe bestätigte die Vaterschaft, aber mein Vater war unauffindbar und hatte für mich nichts gezahlt. Die Rache meiner Mutter bestand sehr oft darin, *mich* auf das Rathaus zu schicken, um mir selbst die fünf Mark abzuholen, die der Staat für mich im Monat (!) bezahlte, sie hatte sich nicht gescheut, mich direkt in die Hölle zu schicken als Kind mit der Bemerkung: *damit du siehst, was du wert bist.* Auch das werde ich naturgemäß nicht vergessen, wie die eigene Mutter sich an dem untreuen Manne rächt, indem sie ihr und dieses Mannes Kind in die Hölle schickt mit einem teuflischen Satz, mit dem teuflischsten Satz aller Sätze, den ich im Ohr habe. Wie weit und wie tief die Verzweiflung gehen kann, weiß ich von diesen Höllengängen auf das Traunsteiner Rathaus, der Erste des Monats *war* für mich der Gang in die Hölle. Hatte das meine Mutter gewußt? Erschlagen?, erschossen? Die Frage beschäftigt mich freilich noch heute. Fünfundvierzig, ein paar Monate nach dem Krieg, hatte ich selbst, aus eigenem Antrieb, den Vater meines Vaters ausfindig gemacht, er hatte in Itzling, einem Salzburger Vorort, im Bahnhofsviertel, in einem Keller gehaust, im naßkalten Keller des Hauses eines seiner Söhne, eines der Brüder meines Vaters, die ich zeitlebens nie gesehen habe, ich hatte kein Interesse daran gehabt, sie kennenzulernen, warum auch, ich wußte von ihrer Existenz, aber ich wollte nicht daran rühren. Dieser Vater meines Vaters, damals schon an die siebzig, der erst kürzlich, wie ich aus der Zeitung erfahren habe, mit hundertvier Jahren gestorben ist und der wahrscheinlich, so dachte ich, so denke ich, so lange in dem naßkalten Kellerloch ausgeharrt hat, hatte von meinem Vater wie von einem Vieh gesprochen, von jedem seiner Söhne wie von einem Vieh, mein Vater sei schon lange *hin*, hatte er gesagt, auf einer Art von Thronsessel sitzend in einem riesigen Haufen Wäscheunrat und Schmutz. In diesem Kellerraum stand ein riesiges sogenanntes Himmelbett mit schweren Samtvorhängen, und da der Thronsessel in der gleichen Weise aus demselben harten Holz geschnitzt und von derselben grauenhaften Monstrosität gewesen war, hatte ich gedacht, ob nicht mein Vater diese geschmacklosen Möbel gezimmert und geschnitzt hat, weil er doch Tischler gewesen war, wie ich weiß, ich hatte danach aber nicht gefragt. Immer wieder hatte dieser väterliche Großvater, den ich nur dieses eine Mal in meinem Leben gesehen habe, weder vorher, noch nachher, von meinem Vater gesagt, daß er nach Deutschland gegangen sei und dort fünf Kinder gemacht habe und *hin* sei. Er hatte immer erwähnt, daß sein Sohn geheiratet habe, immer wieder, *der hat in Deutschland geheiratet und fünf Kinder gemacht und ist längst hin.* Dieser Großvater zog aus einem wackeligen Tischchen, das so gar nicht zu den übrigen Möbelmonstern paßte, eine Lade und aus dieser eine kolorierte Fotografie heraus und gab sie mir, das Bildnis meines Vaters, das mir so ähnlich war, daß ich erschrokken bin. Ich steckte die Fotografie ein und rannte nachhause, und ich hatte mich nicht beherrschen können und mein Abenteuer meiner Mutter geschildert, ich hatte den Versuch gemacht, es zu schildern, dazugekommen bin ich nicht, denn sobald ich meiner Mutter auch nur zu sagen angefangen hatte, daß ich den Vater meines Vaters ausfindig gemacht hatte, überschüttete sie mich mit Schimpfwörtern und verfluchte mich. Die Unvorsichtigkeit, ihr die Fotografie meines Vaters zu zeigen, war Grund genug gewesen, mir dieses Foto aus der Hand zu reißen und es in den Ofen zu werfen. Nie mehr nach dieser Auseinandersetzung, die ich als eine der schlimmsten in meinem Leben in Erinnerung habe, hatte ich zuhause meinen Vater erwähnt. Ich rührte nicht mehr an das Thema, ich begnügte mich mit der Spekulation, wer er gewesen sein *könnte,* was für ein Mensch, was für ein Charakter. Hier hatte ich tatsächlich den größten Spielraum. Es ist nicht unwichtig, daß meine Mutter selbst es gewesen ist, die mir den genauen Ort meiner Erzeugung preisgab. Was hatte sie, die später nicht einmal mehr auch nur an meinen Erzeuger erinnert werden durfte, für einen Grund für diese Eröffnung? Von der Schulkameradin meiner Mutter, einer Fuhrwerkersfrau aus Henndorf, hätte ich sicher sehr viel, wenn auch nicht alles erfahren, und ich wüßte heute mehr als das entsetzlich wenige, das ich weiß. Mit diesem Wissen, das, je älter ich werde, desto kümmerlicher ist, ist es sinnlos, auch nur an die geringste Erforschung meines Vaters zu gehen. Aber will ich das auch? Ist es nicht ein Vorteil, so wenig und fast gar nichts von meinem Erzeuger zu wissen, *die Ahnung* über den Betreffenden ganz einfach immer wieder zum Mittel als Zweck zu machen? Hatten sie, die Meinigen, einschließlich meines Großvaters, richtig gehandelt oder falsch, indem sie meinen Vater aus meinem Leben tilgten? Die Frage bleibt offen, ihre Schuld bestehen, ebenso bleiben meine Vermutungen, bleibt mein Argwohn, alles in allem ein ständiges, sehr oft auch inständiges Anklagebedürfnis gegen die Meinigen. Aber jetzt sind sie alle tot, und es ist zwecklos, sie zur Rechenschaft zu ziehen, die Geister zu verurteilen und in den Kerker zu stecken ist absurd, lächerlich, klein und niedrig. Also, ich lasse sie in Ruhe. Aber ich ziehe immer wieder alle ihre Saiten auf, damit ich es hören kann, das ganze Familieninstrument, wie richtig und wie falsch immer ich darauf spiele. Sie verdienen es, daß ich ihre Saiten nicht schone, aber die voller Mißton sind, reizen mich immer mehr als die anderen, und sie sind mir, in aller Offenheit zugegeben, in jedem Fall lieber. Im Schlafsaal, in meinem Bett neben der Tür und bis zum Kinn herauf zugedeckt, unter den schlafenden und nicht, wie ich, wachen Patienten, sah ich mich bei meinen Versuchen, das Dickicht meiner Herkunft aus dem Weg zu räumen, aber sie nützte nichts, die pausenlose Anstrengung, je tiefer ich in das Gestrüpp hineinging, desto mehr vergrößerte sich die Finsternis und mit ihr die Wildnis, desto größeren Verletzungsmöglichkeiten war ich ausgeliefert, auf die hilflose Weise, wie sie mir schon aus der frühesten Kindheit bekannt ist. Ich wollte mich aber von meinen nutzlosen Versuchen, mit allen mir möglichen Mitteln Licht in das Dunkel und in die Finsternis zu zwingen, nicht abbringen lassen, auch wenn ich den Alptraum schon kannte. Woher war *eigentlich* mein Großvater? Woher war *eigentlich* meine Großmutter? Väterlicherseits! Mütterlicherseits! Woher waren sie alle, die mich auf ihrem Gewissen hatten, von welchen ich Aufklärung forderte. Wenn ich sie anrief, waren sie weg, Gespenstern gleich. Ich versuchte sie an allen möglichen Ecken abzupassen, ihnen den Weg abzuschneiden, aber sie waren schneller, geschickter, ganz einfach schlauer und waren auch schon entkommen, wenn ich sie zu fassen glaubte. Sie hörten auf ihre Namen nicht, sie verstanden nicht, wovon ich redete, wenn ich zu ihnen redete, sie sprachen dann eine ganz andere, mir unverständliche Sprache. Ich war einfältig genug gewesen zu glauben, ich hätte von jedem einzelnen von ihnen eine Geschichte zu erwarten, die ich dann in meinem eigenen Kopfe zu meiner Geschichte hätte zusammenkitten können, das war der Irrtum. Daß ich sie nur anzurufen brauchte, wo ich ihrer auch habhaft werden, sie stellen konnte, um Auskunft zu haben, auf der Stelle die Wahrheit zu hören. Meine Einfältigkeit war so weit gegangen, daß ich meine Fragen glaubte als Fragen eines Gerichts an sie stellen zu können, um Klarheit als Antwort zu erhalten, ausnahmslos, ohne Widerrede, während ich zwar immerfort fragte, aber überhaupt keine Antwort bekommen hatte, und wenn Antwort, so die unbefriedigende, die glatte, unverfrorene Lüge. Ich bildete mir ein, ein Recht auf alle meine Fragen zu haben und also auch das gleiche Recht auf die entsprechenden Antworten, so fragte ich immer wieder, rührend und ahnungslos, und war immer nur zutiefst enttäuscht über das Echo. Hatte ich, so dachte ich hier in meinem Bett, wenigstens die, mit welchen ich tatsächlich gelebt hatte eine Zeitlang, wie lang immer, genug befragt? Die Antwort war nein, ich habe sie nicht genug befragt, ich hatte mir diese Fragen immer wieder aufgehoben auf später, sie weggeschoben, so lange aufgehoben und weggeschoben, bis es dann endlich zu spät gewesen war. Ich hätte so vieles fragen müssen, nicht sollen, meinen Großvater, meine Großmutter, meine Mutter, was ich alles nicht gefragt habe, jetzt ist es zu spät, wenn wir die Gestorbenen fragen, die Toten, ist es nichts als die verbrecherische Nutzlosigkeit des Überlebenden, der ständig auf Absicherung seiner Verhältnisse aus ist. Ich habe die längste Zeit gehabt, Fragen zu stellen, und ich habe sie nicht gestellt, nicht einmal die wichtigsten Fragen, dachte ich. Plötzlich war mir klar: sie verhinderten diese Fragen, sie erwarteten sie und fürchteten sie und hatten alles getan, um nicht gefragt zu werden. Es war ihnen gelungen, schließlich und endlich aus der Welt hinauszugehen, ohne mir antworten zu müssen. Sie hatten mir ein Dickicht, eine Wüste zurückgelassen, eine Steppe, in welcher ich alle Aussicht hatte, verhungern und verdursten zu müssen, vernichtet zu werden. Sie hatten alle Antworten parat gehabt, aber sie gaben sie nicht, sie waren dazu nicht gewillt, wahrscheinlich, weil sie selbst diese Antworten nicht bekommen hatten, sie rächten sich mit ihrer Antwortlosigkeit. Hatte ich aber auch ein wirkliches Interesse an meiner Herkunft, also ein wirkliches Interesse an diesen Geheimnisträgern, die in den Tod geflüchtet sind, die sich am Ende ihres Lebens aufgelöst haben, vollkommen aufgelöst ohne ihre Rätsel, mit welchen ich jetzt, hier im Bett liegend, meine spekulative Unzucht trieb? Ich weiß es nicht. Die Fragen blieben, sie vermehrten sich mit der Zeit, mit der Ungeschicklichkeit meiner Existenz, mit meinem Erkenntniswillen. Das Hiersein auf die Probe stellen und von seinen Fundamenten nichts wissen? Ich existierte zu einem Großteil meiner Existenz aus dem Nichtwissen, nicht aus Ahnungslosigkeit. Woher aber bezog ich meine Beweise, die rechtsgültigen sozusagen, die vor mir standhielten? Ich hatte niemals aufgehört, an die Beweise zu kommen, mein ganzes Leben war ich nach Beweisen für meine Existenz aus gewesen, einmal mehr, einmal weniger intensiv, aber immer inständig und konsequent, hatte ich aber solche Beweise in Händen und hatte ich sie im Kopf, waren sie doch nicht stichhaltig genug, erwiesen sie sich als unbrauchbar, irreführend, als Rückschritt. Ich befaßte mich naturgemäß auch mit den Beweggründen, die mich veranlaßten, an Beweise für meine Herkunft zu kommen, ich verachtete zeitweise die Intensität, mit welcher ich unbedingt solche Beweise haben wollte, weil ich wußte, daß sie nicht unbedingt notwendig sind, wollte ich nicht Gericht sein, bereit, abzuurteilen, Recht zu sprechen, wo ich überhaupt kein Recht hatte. Am Ende der Neugierde würde etwas herauskommen, von dem ich bis jetzt nichts gewußt habe und das mir alles erklärt, hatte ich gedacht. Ganze Nächte verbrachte ich damit, meine schlafenden Mitpatienten zu beobachten und meine Herkunft zu erforschen, ich hatte mir diese Praxis angewöhnt, aber nicht zur Methode gemacht. Wenn ich nicht schlafen konnte und ganz einfach an das Einschlafen nicht mehr zu denken gewesen war, aus was für einem Grund immer, ging ich in das Dickicht hinein, um es zu lichten, aber es lichtete sich nicht. Ich erkannte die Personen in der Finsternis des Dickichts an ihren Gewohnheiten, nicht an ihren Gesichtern, die nicht zu sehen waren. Diese Personen meiner Geschichte waren aber nicht gewillt, sich auf mein Spiel einzulassen, sie hatten die Beweggründe meiner Expedition durchschaut, sie verachteten mich, wo sie mir begegneten, und verzogen sich auf der Stelle. Ich näherte mich meinen Mitpatienten vorsichtig, mit der gleichen Vorsicht, mit welcher sie mich an sich herankommen ließen, sie hielten wie ich aus Selbsterhaltungstrieb auf Distanz, wenn ich mich auch beteiligte, war ich doch mehr der Beobachter als das Mitglied der ganzen Gesellschaft, die dieses muffige Haus bevölkerte. Auf der einen Seite standen die Ärzte, die mein Mißtrauen mit Arroganz quittierten, mit Untätigkeit, mit ihrem tagtäglichen medizinischen Leerlauf, auf der anderen standen die Patienten, die mich nicht als zu ihnen gehörig anerkannten, nicht anerkennen konnten, ich war nicht durchschaubar gewesen für sie, vielleicht doch nur eine vorübergehende Erscheinung, mit welcher sich eindringlicher zu befassen es sich nicht auszahlte, eine zu leichtgewichtige Nummer für sie, kein Vollpatient als Todeskamerad ihresgleichen. Ich hatte mich eine Zeitlang bemüht, zu ihnen zu gehören, ich schaffte es nicht, ich mußte mich wieder zurückhalten, ich war wieder in die Reserve gegangen. Ich hatte ihren Witz nicht, ihre Gleichgültigkeit, ihre Gemeinheit, weil ich meinen Witz hatte, meine Gleichgültigkeit, meine Gemeinheit, meine mir ureigene Perversität, mit welcher ich mich von vornherein von ihnen ausschloß. Die Entscheidung war längst gefallen, ich hatte mich für den Abstand entschieden, für den Widerstand, für mein Weggehen, ganz einfach für das Gesundwerden, nachdem ich mich eine Zeitlang ihrer Übermacht ausgeliefert gehabt hatte. Mein Existenzwille war größer als meine Sterbensbereitschaft, also gehörte ich nicht zu ihnen. Das heißt nicht, daß die Oberfläche der Tagesabläufe nicht das Bild der Zugehörigkeit zeigte, ich trat ja wie sie in Erscheinung, tat, was sie taten, bewegte mich wie sie, möglichst unauffällig. Aber mein Widerstand war ihnen nicht entgangen, auch den Ärzten nicht, dadurch hatte ich naturgemäß immer Schwierigkeiten, ich war in jedem Falle immer der Widerspruchsgeist, mit welchem schwer fertigzuwerden war, die Ärzte ließen mich ihre Kälte, die Patienten ihre Verachtung spüren. Ich war das gebrannte Kind, das sich nicht mehr gedankenlos und nur aus Bequemlichkeitsgründen ein- und unterordnete. Ich hörte mir ihre Geschichten an, die nur Leidensgeschichten waren, wie alle Geschichten, wie die ganze Geschichte, ich teilte die Mahlzeiten mit ihnen, ich stand mit ihnen in einer Reihe vor dem Röntgenraum, ich drängte mich mit ihnen in die Ambulanz, ich saß mit ihnen am Mittagstisch, ich lag mit ihnen auf der Liegehalle, ich ereiferte mich mit ihnen gegen die Ärzte und die ganze Welt, und ich trug ihre Kleidung. Ich hatte die Insignien des Hauses in Händen, die Spuckflasche und die Fiebertafel. Nicht weil ich katholisch war, ging ich an den Sonntagen in die Kapelle, sondern weil ich nicht nur ein musikalischer Mensch, sondern ein Musiknarr geworden war, der noch immer die Absicht hatte, die Musik zu dem höchsten Zeichen seiner Existenzberechtigung und zu seiner einzigen wahren Leidenschaft, zu seinem Lebenskomplex zu machen. So sang ich an diesen Sonntagen, neben dem Harmonium stehend, das mein Kapellmeisterfreund spielte, eine Schubertmesse. An die zehn, zwölf Patienten als Sänger versammelten sich hier an den Sonntagen um sechs Uhr früh in ihren Schlafröcken, billigen, schäbigen Wollpullovern und sangen die Schubertmesse mit der Inbrunst des Dilettanten zum Ruhme und zur Ehre des Ewigen Gottes. Drei, vier Kreuzschwestern feuerten diese armseligen Stimmen aus abgemagerten, zitternden Kehlen an, trieben sie in das Kyrie hinein und so unnachgiebig und unerbittlich durch die ganze Messe bis zum Agnus, wo dann der Höhepunkt der Erschöpfung erreicht war. Wer hier sang, war bei den geistlichen Schwestern im Vorteil, er war früher als die übrigen im Besitze einer wärmeren Decke, er durfte sich ein besseres Leintuch oder sogar auch früher als alle anderen einen besseren Blick aus dem Fenster erwarten. Am Ende *Großer Gott wir loben dich*, immer mit der größtmöglichen Lautstärke, aus allen diesen krächzenden, angefressenen Kehlen. Da stand ich, mitsingend, mitschreiend, mitkrächzend, und hatte den Blick auf diese schwitzenden und wippenden Köpfe gerichtet, die von grauen, mageren Hälsen in die Höhe gereckt waren wie von Prangerstangen. Hinter mir hatte ich an der Wand die Partezettel der Toten, vor mir die lebendigen Sänger. Sie singen so lange, bis ihre Namen hinter mir an der Wand kleben, dachte ich. Dann kommen neue Sänger und so fort. Ich selbst wehrte mich gegen die Tatsache, daß mein Name einmal an dieser Wand klebte, schwarzumrandet. Ich werde hier nicht so lange singen, hatte ich gedacht. Schon bereute ich, mich für den Sängerdienst in der Kapelle gemeldet zu haben, ich wollte nicht mehr in die Messe, aber dazu war es jetzt schon zu spät, ich hätte die Folgen der Kreuzschwestern zu spüren bekommen, also sang ich weiter, jeden Sonntag, immer die gleiche Schubertmesse, bis ich sie nicht mehr hören konnte, mich ständig gegen den Gedanken wehrend, mein Name klebt hier an der Wand. Hatte ich nicht mit jenem am Vorsonntag noch das Agnus Dei gesungen, dessen Name jetzt schon hinter mir an der Wand klebte? Der *Pater Oeggl*, mit dem ich mich vor ein paar Tagen noch im Garten hinter dem Nebengebäude über das Funktionieren des Grammophons unterhalten hatte, er prangte jetzt an der Wand, fettgedruckt, zwei gekreuzte Palmwedel über seinem Namen. Du singst im Chor, bis du ausscheidest, eine Zeitlang klebt dein Name an der Wand, dann wird er, eines nicht fernen Tages, durch einen neuen ersetzt. Sie schrien *Großer Gott, wir loben dich* und lösten sich in ein geschmacklos bedrucktes Blatt Papier auf, sie hingen an einem Reißnagel. Am Ende der Messe war diese Kapellengesellschaft von einem ungeheuren, allgemeinen Hustenanfall erschüttert, aus welchem sich die Kreuzschwestern mit raschen Schritten entfernten. Die Sänger schlichen die Wände entlang zum Stiegenhaus und arbeiteten sich Hand vor Hand an den Geländern, Fuß vor Fuß über die Treppen in den Speisesaal, um das Frühstück einzunehmen. Der Kaffeegeruch beherrschte jetzt alles.

Nach dem Frühstück, ausgerüstet mit Spuckflasche und Fiebertafel, zog die müde Kolonne die Gänge entlang auf die Liegehalle, um sich dort, schon in der Frühe völlig erschöpft, niederzulassen. Die Kälte kroch von unten herauf durch die Holzbretterritzen, sie schnitt von vorne direkt in die Gesichter. Verurteilt zur Untätigkeit, gaben sich alle dem Stumpfsinn hin, ausgenommen mein Kapellmeisterfreund, der auf seinen angezogenen Beinen immer einen Klavierauszug liegen hatte, in welchem er eifrig Notizen machte, er arbeitete an seiner Karriere, er bereitete sich ununterbrochen auf die Freiheit vor, auf die Konzertsäle, die ihn aufnehmen würden, auf die Opernhäuser, manchmal sah ich ihn von der Seite her in der Dirigentenmanier den Takt schlagen, das belustigte mich. Seine Leidensgenossen beobachteten ihn mit Argwohn, die Ärzte machten taktlose Bemerkungen über ihn, wenn sie ihn auf der Liegehalle studieren sahen. Ich klammerte mich an das Bild, das mir mein Kapellmeisterfreund zeigte, die optimistische Haltung, die absolute Existenzbejahung, dieser Weg ist auch ein Weg für mich, hatte ich gedacht, hier habe ich ein Vorbild. Alle lagen hier stumpfsinnig und verloren, röchelten und spuckten, hatten die Lethargie angenommen, die in den Tod führt, mein Kapellmeisterfreund wehrte sich, handelte entgegengesetzt, ich eiferte ihm nach. Auch er spuckte, auch ich spuckte, aber wir spuckten weniger, und wir waren nicht positiv. Eines Tages war mein Kapellmeisterfreund entlassen worden, ich war wieder allein. *Gesund entlassen,* was für ein Wort! Was für eine Behauptung! Ich mußte meine Wege allein gehen, meine Sätze hatten keinen Widerpart mehr, ich redete, blieb aber ohne Antwort. Ich war an den Ausgangspunkt zurückgeworfen, der Faden, der mich mit Kunst, ja selbst mit Wissenschaft verbunden hatte, war abgerissen. *Gesund entlassen,* das kam beinahe niemals vor, aber jetzt hatte auch ich die Hoffnung, gesund entlassen zu werden. Dieser Mensch war mein Vorbild, der Wegstrebende, Existenzbesessene, der Künstler, der Weiterwollende! Tatsächlich verkleinerte sich mein Schatten, ja er war aufeinmal gar nicht mehr da. Der Assistent verkündete, ich sei geheilt, ich könne gehen, *hier* sei kein Platz mehr für mich. Ich hatte das große Los gezogen! War mir diese Ziehung aber auch recht gewesen? Ich kam zu keinem klaren Ergebnis. Ich verbrachte noch ein paar Tage in der Anstalt, ich stellte fest, ich war neun Monate hier gewesen. Ich hatte mich an Grafenhof gewöhnt. Was erwartet mich zuhause? Der Zustand meiner Mutter war unverändert, die Verzweiflung der Meinigen war noch größer. Ich hatte keine rechte Freude an meiner Heimkehr, ich konnte keine Freude haben, *natürlich nicht*. Ich war absolut unerwünscht, selbstverständlich. Der Todeskampf meiner Mutter näherte sich dem Höhepunkt, für mich war keine Zeit. Hatte ich den Familienzustand als katastrophal in Erinnerung, jetzt war alles noch schlimmer, alle waren vor dem Zusammenbruch. Die Sprache ist unbrauchbar, wenn es darum geht, die Wahrheit zu sagen, Mitteilung zu machen, sie läßt dem Schreibenden nur die Annäherung, immer nur die verzweifelte und dadurch auch nur zweifelhafte Annäherung an den Gegenstand, die Sprache gibt nur ein gefälschtes Authentisches wider, das erschreckend Verzerrte, sosehr sich der Schreibende auch bemüht, die Wörter drücken alles zu Boden und verrücken alles und machen die totale Wahrheit auf dem Papier zur Lüge. Wieder war ich in eine Hölle gereist, in umgekehrter Richtung. Der entlassene Tuberkulosekranke, auch wenn er gesund entlassen ist, ist verpflichtet, sich von dem für ihn zuständigen Amtsarzt untersuchen zu lassen, sein Sputum in ein Labor zu bringen, ich war zuerst mit meinem Sputum in das Labor gegangen. Wie ich meinen Befund abholte, sagte man mir, ich sei ansteckend, ich hätte eine *offene* Tuberkulose, ich müsse *augenblicklich* das Krankenhaus aufsuchen, daß ich sofort *zu isolieren* sei, sagten die Laborantinnen, ein Irrtum sei ausgeschlossen. Zwei Tage nachdem ich aus Grafenhof *gesund entlassen* worden war, hatte ich jetzt die *offene Lungentuberkulose*, also das gefürchtete Loch, die Kaverne, vor welcher ich immer die größte Angst gehabt hatte. Ich ging nachhause, machte die Mitteilung, daß ich an *offener Tuberkulose* erkrankt sei und daß ich sofort in das Krankenhaus müsse. Meine Mitteilung hatte nicht die Wirkung haben können, die logisch gewesen wäre, ich konnte naturgemäß nur ein Problem am Rande sein, meine Mutter war die Kranke, nicht ich. Nach der Mahlzeit mit meiner Großmutter und mit meinem Vormund, die wir in dem Fluchtwinkel der Wohnung, in der Küche, eingenommen hatten, war sofort mein Besteck ausgekocht worden, und ich suchte, nur mit ein paar Notwendigkeiten unter dem Arm ausgestattet, das Krankenhaus auf. Meiner Mutter, so war es beschlossen, wurde nicht die Wahrheit gesagt. In das Krankenhaus konnte ich zu Fuß gehen, es waren nur ein paar hundert Meter. Die Lungenabteilung war in mehreren Baracken untergebracht und war schon von weitem an dem faulen Geruch erkennbar, der diesen Baracken entströmte, hier lagen eine Reihe von Lungenkrebskranken bei offenen Fenstern und offenen Türen, ein entsetzlicher Gestank war in der Luft. Aber an diesen Gestank gewöhnte ich mich. Mir wurde ein *Pneu*, ein Pneumothorax, angelegt, und nach ein paar Tagen war ich wieder entlassen mit der Ankündigung, daß ich *unverzüglich* nach Grafenhof gehen müsse. Meine Abreise verzögerte sich, und ich mußte mehrere Wochen zuhause bleiben, in dieser Zeit hatte ich mir in bestimmten Abständen, etwa jede Woche, bei dem bekanntesten Lungenfacharzt der Stadt, in der Paris-Lodron-Straße, zweites Haus rechts, meinen Pneu füllen zu lassen. Der Patient legt sich auf das Ordinationsbett, und es wird ihm mit einem dünnen Schlauch Luft eingefüllt zwischen Zwerchfell und Lungenflügel, der kranke Lungenflügel, das Loch, wird auf diese Weise zusammengedrückt, damit es zuheile. Ich hatte diese Prozedur schon oft gesehen, sie ist nur am Anfang schmerzhaft, dann gewöhnt sich der Patient daran und empfindet sie als selbstverständlich, sie wird ihm zur Gewohnheit, er hat zwar immer Angst davor, aber am Ende der Prozedur stellt sich diese Angst als unbegründet heraus. Nicht immer als unbegründet, wie ich bald erfahren sollte. Eines Tages füllte mich dieser angesehene Arzt, der sogar ein Professor war, und ging mitten in der

Füllung zum Telefon, während ich auf dem Ordinationsbett lag und den Schlauch in der Brust hatte. Er erkundigte sich bei seiner Köchin nach dem Mittagessen und äußerte seine Wünsche. Nach langem Hin und Her über Schnittlauch und Butter, Kartoffel oder nicht, beendete der Professor die Debatte und bequemte sich, zu seinem auf dem Ordinationsbett liegenden Patienten zurückzukehren. Er ließ mir noch eine Menge Luft ein und forderte mich dann, wie gewöhnlich, auf, hinter den Röntgenschirm zu treten, nur so konnte er feststellen, wie sich die Luft in mir verteilt hatte. Naturgemäß war es immer mühselig und absolut nicht schmerzfrei, aufzustehen, nur langsam ging das, und ich trat hinter den Röntgenschirm. Kaum hatte ich aber die erwünschte Aufstellung eingenommen, bekam ich einen Hustenanfall und wurde ohnmächtig. Ich hatte noch gehört, wie der Professor sagte, *mein Gott, ich habe einen zweiten Pneu angelegt,* dann fand ich mich auf einem in der Ecke stehenden Sofa wieder. Meine Ohnmacht konnte nicht lange gedauert haben, ich hörte, wie die Ordinationshilfe die Leute, die im Wartezimmer saßen, wegschickte. Nachdem alle Wartenden draußen waren, war ich mit dem Professor und seiner Gehilfin allein. Ich konnte mich nicht bewegen, ohne neuerlich in einen entsetzlichen Hustenanfall auszubrechen, andererseits hatte ich fast keine Luft bekommen. Ich fürchtete, sterben zu müssen, und ich dachte, daß es doch fürchterlich sei, gerade hier, in dieser düsteren, muffigen, in dieser entsetzlich altmodischen, kalten Ordination sterben zu müssen, ohne einen Menschen, der mir etwas bedeutete, unter den entsetzten Blicken und unter den grauenhaftesten Gesten meiner dilettantischen Peiniger. Nicht genug damit, hatte sich der Professor vor mich niedergekniet und mit gefalteten Händen gesagt: *Was soll ich mit Ihnen tun?* Es ist die Wahrheit. Ich weiß nicht mehr, wie lange ich in diesem Zustand auf dem Sofa gelegen war. Jedenfalls hatte ich plötzlich wieder die Möglichkeit, aufzustehen und die Ordination zu verlassen, und ich lief, gegen den Widerstand des Arztes und seiner Gehilfin, die beide einen vollkommen hilflosen, gleichzeitig entsetzten Eindruck gemacht hatten, die drei Stockwerke des Arzthauses hinunter ins Freie. Eine spätere Rekonstruktion hat ergeben, daß ich unten auf der Straße sogar einen sogenannten Obus bestiegen hatte und nachhause gefahren war. Dort muß ich wieder in eine Bewußtlosigkeit gefallen sein, ich weiß es nicht, so berichteten es die Meinigen, die mich sofort in das Krankenhaus gebracht haben, in die Lungenbaracke zurück, die ich ein paar Wochen zuvor schon kennengelernt hatte und die mir also wohlbekannt war. Sofort war der Professor im Krankenhaus aufgetaucht und hatte mir klargemacht, daß *nichts Absonderliches* vorgefallen sei. Er sagte es nachdrücklich immer wieder, aufgeregt und mit einem bösartigen Blick gegen mich, es war nichts anderes als eine Drohung. Nun war (des Professors Küchenzettelstreit war die Ursache!) mein frisch angelegter Pneu verpfuscht, und es mußte etwas Neues gefunden werden. Man würde mir ein sogenanntes *Pneumoperitoneum* anlegen, einen Bauchpneu, der über dem Nabel in Körpermitte gefüllt wird und auf beide Lungenflügel gleichzeitig von unten herauf drückt, ein Unikum damals, eine noch kaum erprobte Errungenschaft, von welcher ich selbst in Grafenhof noch nichts gehört hatte. Der Professor hatte mir mit einem lächerlichen Telefonat meinen Pneu ruiniert, mich in eine jedenfalls sehr gefährliche Lage gebracht. Das Pneumoperitoneum kann aber nur angelegt werden, wenn zuerst das Zwerchfell auf einige Zeit, auf Jahre mindestens, stillgelegt wird. Zu diesem Zwecke ist immer der sogenannte Phrenikus durchschnitten worden, das erforderte eine Operation, einen Aufschnitt über dem Schlüsselbein bei vollem Bewußtsein, denn während des Eingriffs muß die Verständigungsmöglichkeit zwischen Operateur und Patient gewährleistet sein. Schon in den nächsten Tagen würde die Phrenikusoperation vorgenommen werden, es handle sich um eine Phrenikus*quetschung*, keine Durchschneidung des Phrenikus, die Quetschung sei das Neueste, noch kaum angewendet, der Phrenikusnerv werde nur gequetscht, das Zwerchfell für Jahre stillgelegt, erhole sich aber dann wieder zum Unterschied von dem radikal und gänzlich durchschnittenen, eine Praxis, die bisher gehandhabt worden sei. Dieser Eingriff sei eine Kleinigkeit, wurde mir gesagt, keine Operation, nur ein Eingriff, eine medizinische Lächerlichkeit. Er selbst würde den Eingriff vornehmen, bestimmte der Primar. Mit Entsetzen hatte ich inzwischen festgestellt, daß es sich um denselben Primarius handelte, der die prallgefüllte und verstopfte Blase meines Großvaters mit einem Tumor verwechselt und so den Tod meines Großvaters auf dem Gewissen hatte. Ein paar Monate nach diesem Kunstfehler waren erst vergangen, aber ich hatte ja keine andere Wahl, als in alles einzuwilligen, was jetzt mit mir geschehen sollte, geschehen mußte. In Wirklichkeit hatte ich natürlich von der Lungenchirurgie nicht die geringste Ahnung haben können, woher auch, und ich hatte mich allem, das man jetzt mit mir vorhatte, zu fügen. Ich ließ alles mit der Gleichmütigkeit des Geschockten und Entsetzten geschehen. Ich war auch hier in der Lungenbaracke in einem großen Zimmer untergebracht, in welchem mindestens ein Dutzend Betten standen, die gleichen Eisenbetten, die ich schon von meinem ersten Aufenthalt in dem Krankenhaus auf der Internen Abteilung kannte. Alles kannte ich hier bereits, nur in die grausamen Spezialitäten der Lungenchirurgie hatte ich erst einzudringen. Dazu hatte ich hier die beste Gelegenheit. Die aus dem Krieg stammenden Baracken waren von den übrigen Gebäuden des sogenannten Landeskrankenhauses vollkommen isoliert, sie waren in einem verwahrlosten Zustand, auf den Gängen, die man nur mit vorgehaltenen Tüchern betreten konnte, weil der Gestank der Krebskranken derartig penetrant gewesen war, daß es unmöglich war, ihn direkt einzuatmen, waren Ratten keine Seltenheit, aber auch an diese fetten, blitzschnell über den Boden huschenden Tiere hatte man sich schnell gewöhnt. Ich weiß noch, daß ich neben einen jungen Mann gelegt wurde, zum Glück an ein großes Fenster, das beinahe immer offen war, der noch kurze Zeit vorher ein Radrennfahrer gewesen war, jetzt lag er, zwanzigjährig, mit zerstörter Lunge in seinem Bett und verfolgte Tag und Nacht den Verlauf der Risse an der Barackendecke. Er hatte mehrere internationale Rennen gefahren, bei seinem letzten war er zusammengebrochen und ins Spital eingeliefert worden. Er konnte nicht glauben, schwer lungenkrank und am Ende zu sein, war er doch noch Wochen vorher ein gefeierter sogenannter Spitzensportler gewesen. Er war aus Hallein gebürtig, seine Verwandten besuchten ihn, fassungslos seine traurige Entwicklung verfolgend. Ich hatte nicht die Absicht, diesem jungen Menschen die Illusionen zu nehmen, ich war entschlossen, ihm meine Kenntnisse vorzuenthalten. Er hatte geglaubt, das Krankenhaus bald wieder verlassen zu können, aber die Wirklichkeit hatte sich als furchtbar erwiesen: von einer Operation, zu welcher er eines Morgens abgeholt worden war, kehrte er nicht mehr zurück. Ich sehe noch seine Mutter die Habseligkeiten einpacken, die er in seinem Nachtkästchen zurückgelassen hatte. Da mein Eingriff ein paar Tage verschoben worden war, hatte ich Zeit, das Krankenhausareal zu durchforschen, ich war ja schon wochenlang in diesem Krankenhaus gewesen, ohne daß ich mich ihn ihm auskannte, bettlägerig in der immer gleichen Umgebung des großen Internenzimmers, hatte ich außer Teilen dieser Abteilung nichts gesehen, jetzt nahm ich das ganze Krankenhaus in Augenschein. Es war klar, daß ich jene Abteilung aufsuchte, in welcher mein Großvater gelegen und im Feber verstorben war. Ich betrat den Chirurgietrakt des Primarius mit größter Abscheu gegen die medizinische Kunst und voll Haß gegen alle Ärzte. Hier, auf diesem finsteren, engen Gang war der Primarius eines Tages auf meine Großmutter zugegangen und hatte ihr das Geständnis gemacht, daß er sich geirrt habe, der *Tumor im Bauch* war in Wirklichkeit die zum Platzen gefüllte verstopfte Blase gewesen, die meinen Großvater tödlich vergiftet hatte. Ich verließ den Chirurgietrakt und ging in die Frauenabteilung, in die sogenannte Gynäkologie, wo meiner Mutter die Gebärmutter herausoperiert worden war, um ein Jahr zu spät. Ich war zu deprimiert, um mich in weitere Erforschungen dieser verkommenen medizinischen Festung einzulassen, und ich legte mich in mein Bett und wartete nur noch schlafend und wenig Nahrung zu mir nehmend den Zeitpunkt ab, der für meine Phrenikusquetschung bestimmt gewesen war. Ich war bis zu diesem Eingriff zwar schon sehr oft von den Ärzten gequält, aber noch niemals *operiert* worden, ich betrachtete die Vorgänge um mich herum jetzt mit gesteigerter Feierlichkeit, nachdem man mir in aller Frühe die sogenannte Beruhigungsspritze, im Volksmund *Wurstigkeitsspritze,* verabreicht hatte, wie ich aus dem Bett gehoben und auf den Wagen gelegt und aus der Baracke hinaus und in den Chirurgietrakt gefahren wurde. Die Spritze bewirkt, daß der Betäubte in Sekundenschnelle vom angstbesessenen Opfer zum interessierten Beobachter eines sehr ruhig ablaufenden Schauspiels wird, in welchem er, wie er zu meinen glaubt, die Hauptrolle spielt. Alles wird leicht und angenehm, und alles geschieht in dem größten Vertrauen und *Selbst*vertrauen, die Geräusche sind Musik, die Wörter, die der Betäubte hört, sind beruhigend, alles ist komplikationslos und gnädig. Die Angst ist ausgeschaltet, jedes Zurwehrsetzen, der Betäubte hat die äußerste Reserve mit der äußersten Gleichgültigkeit vertauscht. Der Operationssaal erweckt nurmehr noch ein gesteigertes Interesse an dem, was hier von Ärzten und Schwestern getan wird, er genießt das vollste Vertrauen. Unendliche Ruhe und Sanftmut herrschen, alles, selbst das Allernächste, ist in die größte Ferne gerückt. Das Opfer, das schon auf dem Operationstisch liegt, nimmt alles mit der größten Gelassenheit wahr, ja, es fühlt sich wohl, es versucht, in die Gesichter über ihm zu schauen, aber diese Gesichter verschwimmen, Stimmen hört der auf dem Operationstisch Liegende, Instrumentengeklirr, Wasser rauscht. Nun bin ich angeschnallt, denke ich. Der Operateur gibt seine Befehle. Zwei Schwestern, so vermute ich, halten, neben mir stehend, meine Hände, um meinen Puls zu fühlen. Der Primar sagt einmal *atmen,* dann wieder *nicht atmen,* dann wieder *atmen,* dann wieder *nicht atmen,* ich kann seinen Befehlen folgen, ich weiß, jetzt hat er hineingeschnitten, jetzt nimmt er das Fleisch auseinander, die Arterien werden auseinandergeklemmt, er kratzt am Schlüsselbein, schneidet noch tiefer, immer tiefer und tiefer, er will das und jenes, er wirft das eine weg, es wird ihm etwas anderes gegeben, es herrscht weiterhin diese unendliche Ruhe wie am Anfang, wieder höre ich *einatmen, nicht atmen, einatmen,* ich höre *die Luft anhalten, langsam ausatmen, wieder normal atmen, Luft anhalten, ausatmen, einatmen, die Luft anhalten, wieder normal atmen.* Ich höre nur den Primar, nichts von den Schwestern, dann wieder *einatmen, ausatmen, die Luft anhalten, ausatmen, einatmen,* ich habe mich an diese Befehle gewöhnt, ich will sie korrekt ausführen, es gelingt mir. Plötzlich werde ich schwach, noch schwächer, urplötzlich ist es, als ob mein Blut aus meinem Körper herausrinne vollständig, im gleichen Augenblick lassen die Schwestern meine Handgelenke los, und meine Arme fallen, und ich höre, wie der Primarius *Jesus Maria!* sagt, Instrumente fallen zu Boden, Apparaturen rasseln. Jetzt sterbe ich, denke ich, es ist aus. Dann fühle ich wieder ein Zerren und Zurren an meiner Schulter, alles dumpf, nicht schmerzhaft, alles voller Brutalität, aber nicht schmerzhaft, ich kann wieder atmen, ich hatte, weiß ich jetzt, eine Zeitlang mit dem Atmen ausgesetzt, ich bin wieder da, es geht aufwärts, ich bin gerettet. *Ruhig einatmen*, höre ich, *ganz ruhig einatmen*, dann wieder *ausatmen, Atem anhalten, ausatmen, einatmen, ausatmen*. Dann geht die Operation zuende. Die Schnallen an meinen Handgelenken werden aufgemacht, ich werde aufgehoben, vorsichtig, ganz langsam, ich höre wieder den Primarius mit seinem *ruhig, ganz ruhig*, meine Beine werden aus der Umklammerung befreit, und da hängen sie zu Boden, wie ich sehe, nur einen Augenblick sehe ich das, während ich von den zwei Schwestern aufgesetzt werde. An der offenen Wunde, die ich nicht sehen kann, hängen eine Menge Scheren auf meine Brust, der Entkeimungsapparat wird an mich herangeschoben. Dann werde ich wieder hingelegt, ein Tuch verdeckt mein Gesicht, so daß ich nichts sehen kann, die Wunde wird zugenäht. Auf dem Boden hatte ich literweise

Blut, eine Menge blutgetränkter Gazefetzen und Watte gesehen. Was war passiert? Es *war* etwas passiert. Aber ich bin davongekommen, so mein Gedanke. Mir wird das Tuch vom Gesicht genommen, ich werde auf einen Wagen gelegt und in die Lungenbaracke zurückgefahren in einer Art Halbschlaf, ich konnte nur Schatten sehen, mir keine einzige Wahrnehmung deutlich machen. Die Operation ist vorbei, denke ich, ich liege in meinem Bett am Fenster, ich schlafe ein. Kurz nach dem Aufwachen erschien der Primarius, ein halber Tag war vergangen, es war die Mittagszeit, und sagte, es sei gutgegangen, nichts sei passiert, das *nichts* hatte er ausdrücklich betont, ich höre es heute noch, dieses *nichts*. Aber es *war* etwas geschehen, dachte ich, denke ich heute noch. Aber ich war davongekommen, ich hatte meine erste Operation überstanden, mein Phrenikus war gequetscht, das Pneumoperitoneum konnte eine Woche später angelegt werden, denn die Wunde war rasch geheilt, wider Erwarten, denn bis dahin hatte ich immer die Beobachtung gemacht, daß offene Wunden an meinem Körper nur langsam und nur unter den schwierigsten Umständen heilten. Nun würde mir mitten in den Bauch gestochen werden, zweifingerbreit über dem Nabel, und dieser Bauch würde soviel als möglich mit Luft angefüllt werden, damit meine Lungenflügel zusammengepreßt und mein Loch in der rechten unteren Lunge geschlossen werden konnte. Ich kann nicht sagen, ich wäre auf diese Tatsache gut vorbereitet gewesen, plötzlich hatte ich vor dem Pneumoperitoneum Angst. Ich ließ es mir von dem Oberarzt erklären, der mir das Pneumoperitoneum anlegen sollte, die Erklärung war so einfach wie die Erklärung des Aufpumpens eines Fahrradreifens, sie war auch in einem ganz gewöhnlichen, unpathetischen Tone gemacht worden, wie Oberärzte über Entsetzlichkeiten und Unheimlichkeiten reden, die für sie nur Alltäglichkeiten sind. Der Oberarzt hatte mir auch gesagt, daß es in ganz Österreich zu diesem Zeitpunkt nur ein paar solcher Pneumoperitoneen gebe, im übrigen habe er selbst erst drei angelegt, das habe ihm keinerlei Schwierigkeiten gemacht, es sei höchst einfach. Ich lag in meinem Fensterbett und beobachtete die Wunde an meinem Schlüsselbein, wie sie verhältnismäßig rasch zuheilte. Da sie nicht weit hatten, besuchten mich die Meinigen, auch meine Geschwister, und berichteten vom Todeskampf meiner Mutter, es wolle und wolle mit ihr nicht zuende gehen, sie wünschten ihren Tod, sie könnten ihr Leiden nicht mehr aushalten, meine Mutter selbst ersehne ihren Tod wie nichts. Ich grüßte meine Mutter, meine Mutter ließ mich grüßen, es war mir gar nicht zu Bewußtsein gekommen, in was für einer entsetzlichen Lage sich die Meinigen damals befanden, sie verließen meine sterbenskranke Mutter, um mich in der Lungenbaracke zu besuchen und umgekehrt. Daß sie sich dabei fast zugrunde gerichtet hatten, das konnte ich erst später in vollem Ausmaß erkennen. Für die Abwechslung in der Lungenbaracke hatten sie mir ein schweres Buch mitgebracht, unglücklicherweise *Die vierzig Tage des Musa Dagh* von Werfel, ich versuchte das Buch zu lesen, aber es langweilte mich, ich entdeckte mich dabei, daß ich mehrere Seiten gelesen hatte, ohne zu wissen, was, es hatte mich nicht im geringsten interessiert. Das Buch war mir auch zu schwer, ich war zu schwach gewesen, es zu halten. So verstaubte es auf meinem Nachtkästchen. Die meiste Zeit stumm und bewegungslos, betrachtete ich mit wachsendem Interesse die Zimmerdecke und machte mir meine Phantasie zunutze. Am Ende wird wieder Grafenhof stehen, dachte ich, aber jetzt kehre ich dort unter gänzlich anderen Voraussetzungen wieder, als *tatsächlich Lungenkranker, Positiver, Dazugehöriger*. Ich versuchte mir meine Situation klarzumachen. Ein Pneumoperitoneum hatten sie in Grafenhof noch nie gehabt, das wußte ich, ich werde in die Heilstätte mit einer Spezialität zurückkehren, mit einer Sensation. Mein zweites Auftreten in Grafenhof wird auf jeden Fall gänzlich anders sein als mein erstes. Ich stellte mir meine Wiederkehr in Grafenhof vor, was sie für Augen machen und wie sie auf mich reagieren würden, Patienten wie Ärzte. Sie hatten sich getäuscht und dadurch mich getäuscht und hatten mich als Gesunden entlassen, während ich todkrank gewesen war. Wie werden sie mir in die Augen schauen, was werden sie sagen? Ich fragte mich, wie verhalte ich mich? Ich werde es darauf ankommen lassen. Hatten nicht alle Ärzte an mir versagt? Ich war ihnen ausgeliefert. Sie sahen immer etwas, aber es war nicht das Richtige. Sie sahen etwas, das es gar nicht gab. Sie sahen nichts, obwohl etwas da war, und umgekehrt. Wenn mich die Meinigen besuchten, hatten sie während der ganzen Zeit ihre Taschentücher vor Nase und Mund, und es war schwer, sich unter diesen Umständen mit ihnen zu unterhalten. Worin bestand diese Unterhaltung? *Wie geht es dir?* fragten sie. *Wie geht es der Mutter?* fragte ich. Der Großvater in seinem frischen Grab auf dem Maxglaner Friedhof, dem die katholische Kirche zuerst kein Grab zur Verfügung stellen hatte wollen und der dann in einem Ehrengrab der Stadt beigesetzt war, durfte nicht erwähnt werden, das getrauten wir uns nicht, den Tod ansprechen, das Endgültige, das Ende. An einem grau-schwülen Morgen ging ich in den Chirurgietrakt hinüber, wo mich der Oberarzt erwartete. Er war schwer, breit, hatte große Hände. Er war allein, ohne Hilfe. Ich hatte mich niederzulegen auf den Rücken und abzuwarten. Der Oberarzt pinselte meinen Bauch oberhalb des Nabels ein, und dann warf er sich ohne Ankündigung mit seinem ganzen Körpergewicht auf mich, damit hatte er blitzschnell und mit einem Male meine Bauchdecke durchstoßen. Er sah mich befriedigt an, murmelte das Wort *gelungen,* und ich hörte, wie die Luft in meinen Körper einströmte, so lange, bis keine mehr Platz hatte. Natürlich hatte ich nach Beendigung der Prozedur nicht aufstehen können, ich wurde auf einen Wagen gelegt und von einer Schwester in die Lungenbaracke zurückgefahren. Unter dem Datum der Anlegung meines Pneumoperitoneums stand *Pneumoper!,* ich hatte auch das hinter mir. Ein Pneumoperitoneum zu haben, war etwas Außerordentliches, etwas ganz und gar Besonderes, und ich fühlte mich auch so, wer es wissen wollte, dem erklärte ich, was ein Pneumoperitoneum ist und wie man es anlegt und welche Vorbereitungen dafür notwendig sind. Auch über die Wirkung wußte ich

Bescheid, auch die Gefahren waren mir bekannt. Nach der Füllung drängte und zwängte sich die eingefüllte Luft überall in meinen Körper hinein, wo sie konnte, sie stieg mir unter der Haut bis in den Hals und unter das Kinn, ich glaubte, krepieren zu müssen, ich fühlte mich hintergangen, als Versuchsobjekt, an dem ein neuerlicher Betrug begangen wurde. Starr und stumm empfing ich die Meinigen und konnte nicht sprechen. Sie verließen mich deprimierter, als sie gekommen waren. Ich hatte mir ihren Bericht über den Zustand meiner Mutter angehört, ich hatte darauf nicht reagiert, sie hatten sich umgedreht und waren gegangen. Ungefähr alle vierzehn Tage wurde meine Bauchdecke durchstoßen, regelmäßig, nach genauen Luftmengenberechnungen wurde ich gefüllt, immer in derselben unangenehmen Weise, indem ich zwar zu Fuß zur Füllung hatte gehen können, aber mit dem Wagen zurückgebracht werden mußte. Bei diesen Rückfahrten durch die Gänge der Lungenbaracke hatte ich mich aber jedesmal glücklich geschätzt, *nur* ein Pneumoperitoneum zu haben, *nur* ein Loch in der Lunge, *nur* eine ansteckende Tuberkulose, keinen Lungenkrebs wie die in den offenen Zimmern Liegenden, die ich im Vorbeifahren sehen hatte können, ganz leise jammerten sie in ihren Betten dahin, waren sie erlöst, wurden sie in den berühmt-berüchtigten Zinksärgen an uns vorbeigefahren, ein tagtäglicher Anblick. In solcher Umgebung sollte meine Mutter nicht sterben, hatte ich gedacht, und ich schätzte mich glücklich, daß sie zuhause war. Wenn es geht, sollen die Todkranken zuhause sein, zuhause sterben, nur nicht in einem Krankenhaus, nur nicht unter ihresgleichen, es gibt keine größere Fürchterlichkeit. Ich werde meinem Vormund niemals vergessen, daß er, in Gemeinschaft mit meiner Großmutter, meine Mutter bis zu ihrem Tode zuhause gepflegt hat. Die Baracken waren im Krieg gebaut, längst in dem Zustand der absoluten Verwahrlosung, nichts an ihnen war mehr erneuert worden, für die Lungenkranken, für die Ausgestoßenen mit ihrem tödlichen Auswurf, waren sie, so schien es, gerade recht, sie waren gefürchtet, niemand betrat sie freiwillig, ein Zaun riegelte den Weg vom allgemeinen Krankenhaus zur Lungenabteilung ab, wieder überall die Aufschrift: *Zutritt verboten!*, der Platz für die Baracken war gut gewählt, sie lagen abseits, im Hintergrund der ganzen Krankenhausanlage. Durch die offenen Fenster war von ferne der Straßenverkehr zu hören. Keine fünfzig Meter von meiner Baracke führte die Straße vorbei, auf welcher ich noch ein Jahr vorher zum Podlaha in die Scherzhauserfeldsiedlung gegangen war, meine Lehrlingsstraße. Damals hatte ich die hinter dem Gestrüpp an der Straße versteckten Baracken gar nicht wahrgenommen, sie waren mir niemals aufgefallen, dieses Straßenstück war ich auch immer sehr schnell entlanggelaufen, um nicht zu spät ins Geschäft zu kommen. Ich sehnte mich nach dem Geschäft, nach dem Podlaha, nach der Scherzhauserfeldsiedlung und ihren Bewohnern, sie alle wußten nichts von meiner Entwicklung. Den Podlaha hatte ich nur kurz von meiner bestandenen Kaufmannsgehilfenprüfung verständigt, auf einer Postkarte, mit *herzliche Grüße*. Ich hatte ihn nicht mehr gesehen. Er hatte mich sicher abgeschrieben, einen Lungenkranken konnte er nicht mehr brauchen, ich hätte seine Kundschaft vertrieben und ihn außerdem mit dem Gesetz in Konflikt gebracht. Was hatte mein Ausbrechen aus dem Gymnasium, was hatten meine Widerstände gegen Familie und Schule und gegen alles, das mit Familie und Schule zusammenhing, genützt, meine Abneigung gegen die normale, blind sich in den Stumpfsinn fügende Gesellschaft? Was hatte ich von der Kehrtwendung in der Reichenhallerstraße? Ich war um alles zurückgeworfen, als ob sich die ganze Welt gegen mich verschworen gehabt hätte, gegen uns alle, die wir nach dem

Kriege geglaubt hatten, uns in der Kleinbürgerlichkeit der Radetzkystraße verstecken zu können. Mein Ausbrechen aus dem Gymnasium, meine Lehrstelle, mein Musikstudium, ich sah diese Zeichen meines Ungehorsams langsam zur Verrücktheit und zum grotesken Größenwahnsinn gesteigert. Den Jago hatte ich singen wollen und lag jetzt mit einem Bauchpneu in der Lungenbaracke mit meinen achtzehn Jahren, es konnte nur eine Verhöhnung meiner Person sein. Aber schließlich und endlich war ich doch dem Schicksal des Radrennfahrers entgangen. Und ich hatte keinen Lungenkrebs wie die, nur zehn Schritte von mir entfernt, die in der Nacht manchmal aufschrien aus ihrem *ungeheuren* Schmerz jenseits der Schmerz-Begriffe und die mir die Luft verpesteten mit ihrem Gestank, ich hatte einen enormen Vorteil, ich war noch kein Todeskandidat, ich mußte mich nicht als hoffnungslos und erledigt bezeichnen. So grübelte ich tagelang, wochenlang und erschrak über die Verwandlung meines Körpers, der Bauchpneu hatte ihn total, aufs äußerste empfindlich, unansehnlich gemacht, wenn ich mich abtastete, fühlte ich immer nur die Luft unter der Haut, ich war nurmehr noch ein einziges Luftpolster, ein mir unbekannter Ausschlag hatte sich auf meinem ganzen Körper gebildet, von welchem die Ärzte völlig unbeeindruckt blieben, von der rötlich-grauen Folgeerscheinung der Medikamente, die ich jetzt schon so lange Zeit in mich aufnehmen mußte. Ich war ohne Unterbrechung mit Streptomyzin weiterbehandelt worden, jetzt mit einer entsprechenden Menge, das Landeskrankenhaus konnte sich das leisten, und es gab hier nur den Grund der Notwendigkeit, nicht die üble Bevorzugung wie in Grafenhof, das sogenannte PAS hatte ich zu schlucken, wöchentlich Hunderte von weißgelben Tabletten, die mir in Kilodosen ans Bett gestellt wurden. Sie bewirkten eine beinahe vollkommene Appetitlosigkeit. Und ich weiß nicht mehr, was sonst mir noch alles eingegeben und gespritzt worden ist in diesen Wochen und Monaten. Manchmal erwachte ich mitten am Tage, wenn ich aus Erschöpfung eingenickt war, erschreckt von großen, fetten Tauben, die sich auf meiner Bettdecke niedergelassen hatten; ich haßte die Tauben, sie waren schmutzverklebt und verbreiteten einen süßlichen Geruch, und wenn sie aufflogen vor meinem Gesicht, wirbelten sie Staub auf, ich betrachtete sie als meine Todesboten. Auch mein Großvater hatte die Tauben gehaßt, er hatte sie als Krankheitsträger bezeichnet. Ich empfand die Tauben zeitlebens als häßlich, schwerfällig, plump ließen sie sich überall auf den Krankenbetten nieder und beschmutzten alles, wenn ich sie wegscheuchte, ekelte mich vor ihnen. Als ich schon aufstehen und ein paar Schritte gehen konnte, wagte ich einen Blick in das dem meinigen zunächstgelegene Krebskrankenzimmer und erschrak über die Tatsache, daß in dem Zimmer geraucht wurde. Die Todkranken, bis auf das Skelett Abgemagerten, stinkenden Verfaulenden hingen in ihren Betten und rauchten Zigaretten; wenn sich die Krankenfäulnis mit dem Zigarettenrauch mischt, entsteht einer der grausamsten Gerüche. Jetzt rauchen sie, in ein paar Tagen sind sie weg, hinausgeschoben, verscharrt, dachte ich. Wenn ich die Vinzentinerinnen sah, wie sie die gerade Gestorbenen auszogen und wuschen und wieder anzogen, als wäre es eine Selbstverständlichkeit, dachte ich nach, wie hoch der Abstumpfungsgrad sein muß, um diese Arbeit verrichten zu können, oder wie groß die Selbstverleugnung und Selbstaufgabe. Ich hatte nicht den Mut, diese Heldinnen zu bewundern, ich fürchtete mich davor. Am Ende eines Lebens sammeln die Hinterbliebenen Hose und Rock und schmutzige Wäsche ein und legen sie über den Arm und gehen davon. Es war immer das gleiche Bild, aber es faszinierte mich wie das erste. Dieses Bild hatte mich immer abgestoßen und angezogen zugleich, die totale Intensität der Betrachtung überraschte mich immer von neuem. Ein Leben, so ungeheuerlich es angelegt war und so ungeheuerlich es sich entwickeln durfte oder mußte, es löste sich unter den Augen der Zurückgebliebenen in einen Haufen faules Fleisch auf, der noch von Haut und Knochen zusammengehalten ist. Das Leben, die Existenz haben diesen faulen Haufen Fleisches hingeworfen in einen Winkel, der der letzte Winkel für dieses Leben und für diese Existenz gewesen ist, und haben sich verflüchtigt. Wohin, ist die Frage. Ich werde mich hüten, mich auf sie einzulassen. Auf dem Rücken mit meinem Bauchpneu im Bett liegend, nicht nur von den Ärzten, auch von den Patienten als medizinische Außergewöhnlichkeit betrachtet, aufgedunsen und überhaupt unansehnlich, hatte ich jetzt Zeit, über alles das nachzudenken, was meine Gedanken in meinem Leben vernachlässigt hatten, wohinein zu denken ich mich bis jetzt auch nicht getraut hatte, in die Zusammenhänge meiner Erzeuger, in meine eigenen Zusammenhänge, *in den großen Zusammenhang*, aber, wie gesagt, ich vergrößerte durch meine Anstrengung nur das Dickicht, ich verfinsterte die Finsternis, ich verwüstete die Wüste. Ging ich die Wege meines Vaters zurück, war ich bald am Ende, ein paar Verzweigungen, ein paar vage Gestalten im tosenden Sturm oder in der absoluten Windstille der Geschichte, die auf mich zukamen und sich, sobald sie in meiner Nähe waren, auflösten in nichts. Was habe ich von *dort*? fragte ich mich, was habe ich von *da*? Woher habe ich *diese* Eigenschaft? woher *jene*? Meine Abgründe, meine Melancholie, meine Verzweiflung, meine Musikalität, meine Perversität, meine Roheit, meine sentimentalen Brüche? Woher habe ich einerseits die absolute Sicherheit, andererseits die entsetzliche Hilflosigkeit, die eindeutige Charakterschwäche? Mein Mißtrauen, jetzt geschärfter denn je, wo ist sein Grund? Ich weiß, daß mein Vater eines Tages beschlossen hatte, alles aufzugeben, sich für immer und endgültig aus allem zu befreien und zu entfernen, das ihm Heimat gewesen war, aufgepfropft wie mir wahrscheinlich, eingeredet, diese Heimat, als eiserne Kappe auf seinen Kopf gesetzt, damit sie ihn erdrücke, daß er den Entschluß gefaßt hatte, alles aufzugeben, und diesen Entschluß konsequent durchführte. Er legte Feuer an sein Elternhaus und verließ es mit nichts als mit dem, das er am Leib hatte, in Richtung Bahnstation. Es heißt, er habe sich ausgerechnet, wie er das Feuer zu legen habe, damit er das Feuer gerade auf seinem Höhepunkt zu sehen bekomme, nämlich in den Minuten, in welchen ihn der fahrende Zug aus seiner Heimat entfernte, die Präzision war ihm, wie ich weiß, geglückt, er durfte sich daran weiden, daß das von ihm angezündete Elternhaus, sein Eigentum, in Flammen aufging. Mit diesem Blick auf das brennende Elternhaus hatte er nicht nur die Heimat, sondern überhaupt den Heimatbegriff (für sich) ausgelöscht. Er habe seine Tat nie bereut. Er ist nur dreiundvierzig Jahre alt geworden, und ich weiß von ihm beinahe nichts als diese Geschichte, ich habe ihn nie gesehen. Meine Mutter ist in Basel geboren, wo mein Großvater an der Universität inskribiert gewesen war. Meine Großmutter war dem damals in allem sozialistisch gesinnten Studenten, nachdem sie ihren Mann und ihre Kinder verlassen hatte, von Salzburg aus in die Schweiz gefolgt, sie hatten sich zeitlebens nicht mehr getrennt und erst nach vierzig Jahren des Zusammenlebens und -existierens geheiratet. Meine Mutter war noch nicht ein Jahr alt, da waren meine Großeltern mit dem kleinen Kind schon in Deutschland unterwegs, von Ort zu Ort, der sozialistischen Idee zuliebe. Ansprachen, Aufmärsche war die Parole (auch meines Großvaters) gewesen. Jeder von den Meinigen ist an einem anderen Ort auf die Welt gekommen, das beweist wie nichts sonst ihre Unruhe, die zeitlebens für uns so notwendig wie charakteristisch gewesen ist. Und als sie endlich Ruhe haben wollten und diese Ruhe schon sicher gewesen, der Rückzug in die Ruhe gelungen, diese Ruhe in Besitz genommen war, kamen Krankheit und Tod. Ihr Selbstbetrug hatte jetzt seine Rache. So vieles hatte ich der Mutter sagen wollen, so Entscheidendes sie fragen wollen, jetzt war es zu spät. Sie wird nicht mehr die für meine Fragen Empfängliche sein, jetzt hat sie kein Ohr mehr für mich. Wir heben die Fragen auf, weil wir selbst sie nur fürchten, und aufeinmal ist es zu spät dafür. Wir wollen den Befragten in Ruhe lassen, ihn nicht *zutiefst* verletzen, also fragen wir nicht, weil wir uns selbst in Ruhe lassen wollen und nicht *zutiefst* verletzen. Wir schieben die entscheidenden Fragen hinaus, indem wir ununterbrochen nutzlose und gemeine, lächerliche Fragen stellen, und wenn wir die entscheidenden Fragen stellen, ist es zu spät. Lebenslänglich schieben wir die großen Fragen hinaus, bis sie zu einem Fragengebirge geworden sind und uns verdüstern. Aber dann ist es zu spät. Wir sollten den Mut haben (gegen die, die wir zu fragen haben, wie gegen uns selbst), sie mit Fragen zu quälen, rücksichtslos, unerbittlich, sie nicht schonen, sie nicht mit Schonung *betrügen*. Wir bereuen alles, das wir nicht gefragt haben, wenn der zu Fragende kein

Ohr für diese Fragen mehr hat, schon tot ist. Aber selbst wenn wir alle Fragen gestellt hätten, hätten wir eine einzige Antwort? Wir akzeptieren die Antwort nicht, keine Antwort, das können wir nicht, das dürfen wir nicht, so ist unsere Gefühls- und Geistesverfassung, so ist unser lächerliches System, so ist unsere Existenz, unser Alptraum. Ich sah, was auf mich zukommen würde, den Tod der Mutter, schon als Selbstverständlichkeit voraus, ich beobachtete ja schon die Folgen ihres Todes mit meinen Augen bis in die kleinsten Einzelheiten hinein, ich stattete mir das Begräbnis schon aus, ich hörte, was gesagt wird, was verschwiegen, ich hatte alles vor Augen, aber ich wollte es doch nicht wahrhaben. Die Familie mit ihrer Nachkriegsrücksichtslosigkeit hat sie erdrückt, dachte ich, der Tod ihres Vaters hat den Krankheitsprozeß beschleunigt. Noch kamen Grüße von ihr, immer mehr Lebensregeln, behutsame, unaufdringliche Vorschläge für die Zeit nachher. Sie habe beschlossen, meinen Geschwistern, also meinem Bruder und meiner Schwester, gerade sieben und neun Jahre alt, ihr Ende zu entziehen, sie sollten nicht Zeuge sein, die Kinder sollten die Mutter nicht sterben sehen, die Schwester wurde nach Spanien, der Bruder nach Italien geschickt. *Sie* bereitete ihren Tod vor, *sie* traf alle Entscheidungen selbst, sie hatte sich gegen alle Geschmacklosigkeiten im Zusammenhang mit Sterbenskrankheit gewehrt, kein Mitleid geduldet. Mit dem ihres Vaters sei auch ihr Leben zu Ende, sie soll das völlig ruhig gesagt haben. Ich dachte, ich sehe sie nicht mehr, ich liege da mit meinem Pneumoperitoneum und sehe sie nicht mehr, aber ich hatte noch die Gelegenheit, ich wurde aus dem Spital entlassen, ich durfte nachhause. Zwei Tage darauf sollte ich wieder nach Grafenhof fahren, den Überweisungsschein hatte ich schon in der Tasche. Ich saß am Bett der Mutter, aber es war kein Gespräch mehr zustande gekommen, ihr Verstand war klar, aber alles Gesagte erschien mir lächerlich. Ich hatte kaum Zeit, den amerikanischen Seesack mit meinen Habseligkeiten anzufüllen. Vormund und Großmutter waren in ihrer Erschöpfung gefangen. Obwohl meine Mutter noch lebte, *da* war, war in der Wohnung schon *die Leere nach ihr* gewesen, wir alle fühlten das. Wir saßen auf den Sesseln in der Küche und horchten an der offenen Tür, aber die Todkranke verhielt sich still. In Grafenhof war ich nicht mehr in das Zwölferzimmer, sondern in eine der sogenannten Loggien gekommen, im Hochparterre, zu meinem Erstaunen war mein Mitpatient der sogenannte verkommene Doktor, der Doktor der Rechte, den ich schon erwähnt habe. Sein bedenklicher Zustand hatte ihn auf die Loggia gebracht, in das von einer riesigen Tanne abgedunkelte Zimmer. Auch ich war nur auf die Loggia gekommen, weil mein Zustand als ein nicht geheurer eingestuft worden war. Die Krankheit hatte meinen Körper inzwischen noch mehr verändert, ihn in der Zwischenzeit so verändert, daß ich auf die unauffälligste Weise nach Grafenhof paßte, in die Kategorie der Aufgeschwemmten gehörte ich jetzt, aufgebläht von meinem Pneumoperitoneum, gedunsen von allen möglichen Medikamenten, die in mich hineingestopft wurden, wirkte ich hier *natürlich,* nicht als eine Unnatur, ich sah *entsprechend krank* aus und war auch alles, nur nicht gesund. Der Doktor der Rechte, der Sozialist, der Massenprediger, den die Ärzte haßten und der mich im Zwölferzimmer mit seinen sozialistischen Ideen nicht in Ruhe gelassen hatte, war jetzt nicht mehr in der Lage gewesen, mir Marx und Engels einzutrichtern, mir seinen grundsozialistischen Entwurf einer kommenden Welt klarzumachen, er mußte sich mit seiner Bettlägerigkeit und mit dem daraus folgernden pausenlosen Aufdiedeckestarren zufriedengeben. Er strömte den Geruch aus, den ich von der Lungenbaracke im Krankenhaus kannte, und zuerst war ich vor allem aus diesem Grunde entsetzt gewesen, sein Zimmer teilen zu müssen. Aber ich gewöhnte mich an den Geruch und an die traurigmachende Veränderung, die mit dem Doktor in der Zwischenzeit vorgegangen war. Jetzt sagte er nichts mehr von der Räterepublik, und er sprach auch niemals mehr die Namen Rosa Luxemburg und Karl Liebknecht aus. Er hatte die Gewohnheit, zuerst in die hohle Hand zu spucken und erst von da aus das Gespuckte in die Flasche abzulassen, was scheitern mußte, es kümmerte ihn nicht, daß mich sein mühseliges und langes Ziehen an der Lunge, das von schauerlichen Geräuschen begleitet war, verrückt machte, vor allem in der Nacht, die allein von ihm und seinem Ziehen an seinen Lungenflügeln beherrscht war. Diese Nächte waren die längsten in meinem Leben. Nur einmal am Tag stand der Doktor mit Hilfe der Schwester auf, um gewaschen zu werden, es gab naturgemäß damals noch kein Badezimmer, nur ein Waschbecken an der Wand. Da stand er da, nackt und röchelnd, und ließ sich, der Gescheiterte, reinigen, ohne Widerspruch. Die Prozedur erschöpfte ihn gleich, und wenn er, unter Aufbringung aller Mühseligkeiten, wieder ins Bett gebracht war, schlief er sofort ein. Das gab mir die Gelegenheit, aufzustehen, um mich zu waschen. Hinter meinem Rücken hörte ich die schweren Atemzüge aus den Fetzen einer schon beinahe völlig funktionslosen Lunge, ich erlebte das Ende eines Idealisten, Sozialisten, Revolutionärs, für den die Welt sich ihre *entsprechende* Strafe ausgesucht hatte. Ich erinnerte mich an die Zurechtweisungen, die der Doktor im Zwölferzimmer nicht nur von den Ärzten, auch von den katholischen Schwestern zu ertragen gehabt hatte, an die Mißachtung seiner Person gerade von jenen Leuten, die von sich selbst und in allen ihren Handlungen immer wieder behaupteten, zivilisiert zu sein, Kultur zu haben. Das Verhalten der Ärzte gegenüber dem Doktor, der sich, soweit ich mich erinnere, keine Disziplinverletzung zuschulden kommen hatte lassen, war niederträchtig gewesen, die Geringschätzung, ja der Haß, den ihn die sogenannten geistlichen Schwestern ununterbrochen spüren ließen, waren eine bodenlose Gemeinheit. Hier hatte ich ein Beispiel für die Erfahrung, daß der Ehrliche, der seinen Gedanken mit Konsequenz und Ausdauer folgt, gleichzeitig aber jene, die anderer Ansicht sind, durchaus in Ruhe läßt, mit Verachtung und mit Haß konfrontiert ist, daß einem solchen gegenüber nichts anderes als die Vernichtung betrieben wird. Denn nichts anderes war die unglaubliche Tatsache, daß der Doktor im Zwölfbettenzimmer mit der ahnungslosen und in ihrer Ahnungslosigkeit doch nur brutalen Belegschaft untergebracht gewesen war, als eine vernichtende Bestrafung. Er hatte im Zwölferzimmer kein Buch ruhig lesen können, keine Zeitung, keine zehn Minuten Ruhe gehabt für seine Gedanken, sie haben ihn mutwillig oder nicht, böswillig oder nicht, gestört, ihn systematisch zugrundegerichtet. Es mußte zu seinem Zusammenbruch kommen, zur Verlegung aus dem Zwölferzimmer auf *die* Loggia, in welcher nur die schlimmsten Fälle untergebracht waren. Die Peiniger des Doktors waren die ahnungslosen, der Dummheit ziellos folgenden jungen Leute gewesen, denen kein Vorwurf zu machen ist, die naturgemäß hier ganz von selbst außer Rand und Band geratenen Hilfsarbeiter und Lehrlinge, die sich ein Vergnügen daraus machten, den Doktor zugrunde zu sekkieren. Er war schon zu schwach gewesen, um sich dieser Torturen von früh bis spät zu erwehren, er hatte schon aufgegeben. Für kurze Zeit war auch er mein Lehrer gewesen, hatte er mir eine Welt wiedergezeigt, in die mein Großvater mich mit Hingabe und mit Leidenschaft eingeführt hatte, in die andere, in die niedergehaltene, in die unterdrückte, in die untere, er hatte mir die Tür wieder aufgemacht in die Machtlosigkeit. Diese ahnungslosen Burschen hatten ihre Peinigungen des Doktors, den sie sich als tagtägliches Verhöhnungsobjekt erkoren hatten, zu einer regelrechten Peinigungskunst gemacht, hier hatten sie ihre Perversität ausgetobt und aus dem Philosophen einen Narren gemacht. Dieser Philosoph hatte sich ihre Unverschämtheiten gefallen lassen, jeden Widerstand aufgegeben, sich gefügt. Sie sind aber nicht verantwortlich zu machen dafür, daß sie einen Menschen tödlich zugrundegerichtet haben, denn ihre Unwissenheit war die stumpfsinnige der unmündigen Jugend. Die Schuld trifft die Ärzte, allen voran den Primarius und Direktor, deren eigene fortgesetzte Peinigungsmaschine gegen den Doktor von mir die ganze Zeit während meines Aufenthaltes im Zwölferzimmer beobachtet worden war und die den Haß gegen den Andersdenkenden, gegen den Widerspruch, auf die Spitze getrieben hatten: der Sozialist, der sich offen und ehrlich zu seinem Sozialismus bekannte auch in *dieser* Umgebung, die ja doch nur als eine katholisch-nationalsozialistische zu bezeichnen war, mußte weg, unter allen Umständen, er war ihnen ein Dorn im Auge, sie hatten die Ungeheuerlichkeit gedacht: er, der Feind, muß vernichtet werden. Da er, wie ich weiß, niemanden hatte, mußte er sich seinen Beherrschern bedingungslos fügen, es war ihm ja nicht möglich gewesen, einfach davonzulaufen. Aber die Wahrheit ist, daß zwar die Ärzte ihn wissentlich und gleichzeitig völlig gewissenlos in die Enge und in den Körper- und naturgemäß folgerichtig dann auch in den Geistesruin getrieben haben, daß er selbst aber auch in dieses eigene Ende hinein*geflüchtet ist*, so, mit diesem Willen von zwei Seiten, die nichts als nur teuflisch zu nennen sind, beschleunigte sich sein Verfall. Ich hatte es nicht schwer, mir den Verlauf dieses Prozesses zu rekonstruieren, ich war nicht der unmittelbare Zeuge gewesen, aber ich sah diese Entwicklung *jetzt*. Ich versuchte, mit ihm in ein Gespräch zu kommen, aber ich scheiterte, ich stieß auf nichts als auf Ablehnung. In einem Winkel lagen seine Bücher, verdreckt, verstaubt, unberührt. Auch wenn ich Lust gehabt hätte, sie zu lesen, ich hätte mich davor geekelt, sie in die Hand zu nehmen. Zum Lesen hatte ich überhaupt keine Lust. Ich schrieb auch nichts, nicht einmal eine Postkarte. Wem hätte ich auch in meiner Situation schreiben können? Das Essen wurde dem Doktor von der Schwester wie einem Tier eingelöffelt, widerwillig, automatisch. Auch zwischen der Schwester und dem Doktor gab es keine Konversation. Wenn sie ihn auszog, wehrte er sich dagegen, auch wenn sie ihn anzog, es setzte Hiebe, Schläge ins Gesicht, die Renitenz des Doktors wurde immer gefährlicher, aber die Schwester blieb davon unbeeindruckt, für sie konnte die ganze Angelegenheit nur eine Frage der kürzesten Zeit sein. Wann ist es soweit, daß man ihn abholt, sich ihn endgültig vom Leibe schafft, ihn nach Schwarzach hinunterbefördert, um ihn los zu sein? dachte ich. Sein Herz schlug und schlug, manchmal wachte ich auf, und mein erster Blick war auf ihn geworfen, ob er noch lebe, ob der Körper neben mir nicht schon tot sei. Aber dieser Körper atmete noch, diese Lunge arbeitete noch. Ich fühlte die Enttäuschung der Schwester darüber, daß der Doktor noch lebt, daß er noch da ist. Wahrscheinlich hat auch sie, wenn sie in der Frühe hereingekommen ist in das Zimmer, als erstes nur den einen einzigen Gedanken gehabt, ob der Doktor nicht vielleicht schon tot ist, das Problem Doktor kein Problem mehr. Sie zog die Vorhänge auf und ging an die Arbeit, richtete die Handtücher her, ließ Wasser ein in das Waschbecken und hob den Doktor heraus und transportierte ihn zum Waschbecken. Ich dachte, daß ich *jetzt* viel lieber in dem großen Zwölferzimmer untergebracht gewesen wäre im zweiten Stock als hier auf der Loggia mit dem Doktor, ich sehnte mich nach dem Zwölferzimmer, denn die Loggia mußte ich ja als viel schlimmer empfinden, dort oben, im zweiten Stock, hatte ich mit Gleichaltrigen zusammengehaust, hier mit einem, wie mir schien, schon uralten, ausgelebten Menschen, dessen Häßlichkeit und Rücksichtslosigkeit sich von Stunde zu Stunde vergrößerte, andererseits empfand ich es als Auszeichnung, mit diesem Menschen zusammensein *zu dürfen,* mit dem Häßlichen, Abstoßenden, den ich ganz offen bewunderte, ja verehrte, weil er so war, wie er war, weil er der Abgestoßene, der Gehaßte, der Abgeschobene war. Es schien, als wartete alles darauf, daß der Doktor verschwinde, aber noch war es nicht so weit, sie mußten sich noch gedulden. Die Visite betrachtete den Doktor nur noch als lästig, ganz einfach nicht in das Konzept passend. Auch mit mir waren sie nicht glücklich, denn sie mußten wissen, daß ich wußte, daß sie mir nicht aus Unschuld, sondern aus Schuld eine Fehldiagnose gestellt und mich an den Rand des Ruins gebracht hatten, mich gerade in dem Augenblick als gesund entlassen hatten, in welchem ich ein großes Loch in der Lunge hatte, und sie hatten mich zurücknehmen müssen. Sie hatten zwei Gründe, mich mit dem Doktor zusammenzulegen, den ersten, daß ihnen mein Zustand tatsächlich als *gefährlich, bedrohlich, ja lebensbedrohlich* erschienen war, den zweiten, weil ihnen *meine Reserve, mein Mißtrauen, ja mein Haß gegen sie* nicht verborgen geblieben war, auch ich war in ihren Augen *ein Unduldsamer, ein Aufsässiger.* Es hat sechs oder sieben Loggien gegeben, die Hälfte davon war von den sogenannten Privilegierten belegt gewesen, die ich aber fast nie zu sehen bekommen habe, auf jeden Fall hatte ich immer den Eindruck, daß diese Leute eine panische Angst hatten, mit den übrigen Patienten, und also mit uns, in Berührung zu kommen, und es war ihnen die Peinlichkeit anzusehen gewesen, die sie empfunden hatten, weil sie die allgemeine Toilette auf dem Gang benutzen mußten. Sie waren besser gekleidet und bemühten sich um eine bessere Sprache, wenn sie sprachen, aber sie redeten beinahe überhaupt nichts, jedenfalls nicht mit meinesgleichen. Hier hörte ich immer wieder verschiedene Titel, *Herr Hofrat, Frau Hofrat, Herr Professor* und *Frau Gräfin* sind mir noch in Erinnerung. Die Schwestern huschten in einer mir widerwärtigen Feierlichkeit dort herum, wo diese Titel mit ihren Trägern hausten, abgeschirmt, in Ruhe gelassen, ja verwöhnt. Kamen die Schwestern von den Loggien der sogenannten besseren Leute zu uns, verfinsterten sich ihre Mienen, war ihre Redeweise eine vollkommen andere, eine nicht mehr um Vornehmheit bemühte, sondern nurmehr noch die rüde, gemeine, brutale. Ganz andere Speisen trugen sie in diese Zimmer, in einer ganz anderen, aufwendigeren Aufmachung. Dort klopften sie, bevor sie eintraten, an die Tür, an unsere Tür wurde nicht geklopft, einfach eingetreten. Eine Schwierigkeit hatte ich nicht vorausgesehen, obwohl sie mir hätte klar sein müssen: in Grafenhof hatten sie vor mir noch nie einen Bauchpneu gehabt, das Pneumoperitoneum kannten sie nur als Begriff, es war ihnen bis dahin nur in Schriften untergekommen, jetzt hatten sie die Bescherung. Ich selbst hatte Angst, als es soweit war, daß der Assistent mich füllen mußte, als der Zeitpunkt gekommen war, die Ordination aufzusuchen zu diesem Zweck. Er beteuerte, noch nie einen Bauchpneu gefüllt zu haben, wenn er auch inzwischen wisse, wie das zu geschehen habe. Es war mir nichts übriggeblieben, als dem Assistenten zu sagen, was er zu tun habe. Er bereitete unter meiner Anleitung die Apparatur vor, schob alles an mich heran, und ich wartete. Nichts geschah. Der Assistent getraute sich nicht. Jetzt mußte ich die Initiative ergreifen. Ich befahl ihm förmlich, die Nadel an meinem Bauch anzusetzen und dann *mit aller Gewalt*, so meine Worte, meinen Bauch zu durchstoßen. Er dürfe nicht einen Augenblick zögern, sonst seien die

Schmerzen entsetzlich und das Ganze werde ein blutige Angelegenheit. Ich wußte, daß der Assistent, Sohn eines Wiener Ministerialbeamten, langaufgeschossen, arrogant in jeder Beziehung, ängstlich und zimperlich war, wenn es darauf ankam. Er solle sich Mut machen und sich *mit seinem ganzen Körpergewicht auf mich werfen* und meine Bauchdecke durchstoßen, sagte ich, und ich erklärte ihm, wie es der Oberarzt im Salzburger Landeskrankenhaus gemacht hatte. Nun war der Assistent aber tatsächlich der Ungeeignetste für einen Gewaltakt zum Unterschied von dem athletischen Oberarzt in Salzburg, der sein Gewicht nur kurz anzudrücken brauchte, um die Nadel durch meinen Bauch zu stoßen, durch alle Bauchdecken gleichzeitig durch. Wie nicht anders zu erwarten, scheiterte der erste Versuch, und ich zuckte vor Schmerz zusammen, gleich schoß Blut aus der nutzlos aufgerissenen Wunde. Es blieb aber nichts anderes übrig, als die Füllung vorzunehmen. So war es zu einem zweiten Versuch gekommen, der so dilettantisch ausgeführt war, daß ich aufgeschrien habe und die Leute auf dem Gang draußen zusammengelaufen waren. Der Dilettant hatte nur ruckartig und nach und nach meine Bauchdecken durchstoßen können und mich ganz unnötig gequält. Wie wenn ihm die

Prozedur geglückt wäre, stand er aber dann da und stellte befriedigt fest, daß Luft in meinen Bauch eindringen und sich verteilen konnte, der Mechanismus funktionierte, die Apparatur bestätigte das auf ihren Anzeigern, man hörte die Luft einströmen, und ich sah, wie der Assistent schon wieder seine vorübergehend abgelegte Arroganz in sein Gesicht zurückgeholt hatte. Dabei war er selbst am meisten darüber überrascht gewesen, daß ihm die Unternehmung geglückt war. Ich blieb eine Zeitlang liegen und wurde dann auf die Loggia zurückgebracht. Noch nie hatte ich nach der Füllung so stark geblutet, tagelang hatte ich Schmerzen in der Bauchdecke und befürchtete eine Entzündung, ich war gegen die medizinischen Instrumente mißtrauisch, die in Grafenhof verwendet wurden, denn die Reinlichkeit war hier kein Gebot. Aber es entwickelte sich keine Entzündung. Die Schmerzen flauten ab. Beim nächstenmal wird es klappen, sagte ich mir. Und von jetzt an klappte die Füllung. Einen solchen Bauchpneu könne ein Patient auch fünf oder mehr Jahre haben, war mir gesagt worden, und ich stellte mich darauf ein. Jedesmal nach der Füllung, wenn ich wieder selbständig stehen und gehen konnte, war ich hinter den Röntgenschirm gestellt und begutachtet worden. Nachdem ihm die weiteren Füllungen glückten, war der Assistent nicht ohne Stolz gewesen, er hatte seine Wissenschaft um eine Neuigkeit erweitert. Ich tat alles, um endlich einmal wieder aus dem Zimmer hinauszukommen, übte mich unablässig in einer Art von verzweifelter Selbstgymnastik, und tatsächlich war der Augenblick früher, als ich geglaubt hatte, gekommen, in dem ich ins Freie durfte. Ich machte einen Rundgang durch das Anstaltsgebäude, ich vergrößerte den Radius mit jedem Tag, ja war schon imstande, die äußersten Grenzen zu erreichen. Am liebsten wäre ich in den Ort hineingegangen, in *das Dorf*, wie wir sagten, aber das war den Patienten streng verboten. Eines Tages hielt ich mich nicht mehr an das Verbot und ging in das Dorf (St. Veit). Ich wurde von den Bewohnern zwar gemustert und natürlich auch gleich als Anstaltspatient erkannt, aber die Leute schienen den Anblick der Lungenkranken weder als sensationell noch als Bedrohung zu empfinden. Meine allgemeine Schwäche ließ mich, kaum hatte ich das Dorf betreten, wieder kehrtmachen, die Freiheit, sie war mir viel zu anstrengend, ich hatte keinen anderen Wunsch, als so bald als möglich wieder in der Anstalt und in meinem Zimmer zu sein, um mich unter meine Bettdecke verkriechen zu können. Aber ich war auf den

Geschmack gekommen, und ich wiederholte meine Dorfexpeditionen, heimlich, in dem Bewußtsein, die fürchterlichste und folgenreichste Bestrafung durch die Anstaltsleitung zu riskieren, überschritt ich die Grenzen und machte im Dorf kleine Einkäufe, ich kaufte mir einmal einen Bleistift und Papier, ein anderes Mal einen Kamm, eine neue Zahnbürste, zu mehr hätten meine Finanzen nicht gereicht, die nur aus dem sogenannten Krankengeld bestanden, das die Fürsorge für mich bezahlte, nicht mehr die Krankenkasse, die mich längst *ausgesteuert* hatte, so der korrekte Begriff, auch meine Anstaltskosten waren zu diesem Zeitpunkt schon nicht mehr von der Krankenkasse, sondern von der Fürsorge übernommen worden. Jeden Nachmittag setzte ich mich auf eine Bank in dem kleinen Parkstück zwischen dem Haupt- und dem Nebengebäude. Mit einem Buch betrieb ich ganz bewußt die Ablenkung von mir und meiner Umgebung, Verlaine, Trakl, Baudelaire habe ich dort gelesen. Eine Ruheperiode schien angebrochen. Da entdeckte ich eines Tages unter der Rubrik *Todesfälle* der Zeitung, die ich mir auf diese Bank mitgenommen hatte, die Notiz: *Herta Pavian, 46 Jahre.* Das war meine Mutter. Sie hieß *Herta Fabjan,* es bestand kein Zweifel, das *Pavian* beruhte auf einem Hörfehler der Zeitung, die sich tagtäglich für eine versteckte, aber gierig gelesene Rubrik telefonisch die Toten des Tages durchgeben ließ. *Herta Pavian!* Ich lief in mein Zimmer und sagte dem halbtot in seinem Bett liegenden Doktor, daß meine Mutter gestorben sei und daß ihr Tod unter dem Namen *Herta Pavian*, anstatt unter dem richtigen *Herta Fabjan* verzeichnet sei. *Herta Pavian, 46 Jahre,* sagte ich immer wieder vor mich hin, *Herta Pavian, 46 Jahre.* Ich bat um die Erlaubnis, zum Begräbnis nach Salzburg fahren zu dürfen, und erhielt diese Erlaubnis. Der Wunsch meiner Mutter, in jenem Dorf am Wallersee begraben zu werden, in welchem sie bei ihren Tanten ihre Kindheit verbringen durfte, wurde erfüllt. Ich kam in die leere Wohnung, die ich mir schon vor ihrem Tod vorgestellt hatte. In der Aufregung hatten die Meinigen vergessen, mir den Tod meiner Mutter mitzuteilen, jetzt sei ich da, also keine Vorwürfe. Im Vorzimmer hingen noch immer die Kleider meiner Mutter, in allen Zimmern hatten sich Wäscheberge aufgetürmt. Sie sei, sagte ihr Mann, *unter seinen Augen gestorben, bei vollem Bewußtsein.* Er habe ihr in der Frühe Tee eingeflößt, sie hätten miteinander gesprochen. Plötzlich sei sie von der Stirne herunter weiß geworden. *Sie ist ausgeronnen,* sagte ihr Mann, mein Vormund. Der letzte heiße Schluck hatte die Aorta zum Platzen gebracht. Jetzt übernachtete ich im Sterbezimmer meiner Mutter. Sie sei in ein weißes Leintuch eingewickelt, in einen einfachen Weichholzsarg gelegt worden, wie mein Großvater. Das Begräbnis in Henndorf, auf dem kleinen Dorffriedhof, versammelte Hunderte Menschen. Meine Mutter war zeitlebens religiös gewesen, sie betrachtete die Kirche mit Reserve, gleichzeitig mit Respekt. Sie wollte ein katholisches Begräbnis. Als wir nach Henndorf kamen, war der Sarg noch in der kleinen, weißgekalkten Totenkammer. Bauernburschen, Verwandte, wie es hieß, trugen ihn in die Kirche. Nach der Totenmesse bildeten diese Hunderte von Menschen, zum Großteil Verwandte, wie mir gesagt wurde, die mir aber völlig unbekannt waren, einen langen Trauerzug. Während ich mit meiner Großmutter und dem Vormund hinter dem Sarg ging, wurde ich plötzlich von einem Lachkrampf befallen, mit welchem ich während der ganzen Zeremonie zu kämpfen hatte. Immer wieder hörte ich das Wort *Pavian* von allen Seiten, und ich war schließlich gezwungen, noch vor Ende der Zeremonie den Friedhof zu verlassen. *Pavian! Pavian! Pavian!* schrie es mir in die Ohren, und ich verließ fluchtartig und ohne die Meinigen den Ort und fuhr nach Salzburg zurück. Ich verkroch mich in einem Winkel der Wohnung und wartete zutiefst erschrocken die Rückkunft der Meinigen ab. Am nächsten Tag fuhr ich zurück nach Grafenhof, wo ich ein paar Tage im Bett liegenblieb, die Decke über meinen Kopf gezogen, wollte ich nichts sehen und nichts hören. Erst der unaufschiebbare Termin für die nächste Füllung meines Pneumoperitoneums brachte mich wieder zur Raison. Jetzt habe ich alles verloren, dachte ich, jetzt ist mein Leben vollkommen sinnlos geworden. Ich fügte mich in den Tagesablauf, ich ließ alles, gleich was und wie es auf mich zukam, geschehen, ich verweigerte nichts mehr, ich ordnete mich völlig unter. Ich ließ alles nurmehr noch soweit an mich herankommen, daß es mir nicht deutlich werden konnte, nur undeutlich, nur verschwommen ertrug ich es. Mehrere Wochen verbrachte ich in diesem Zustand. Eines Tages erwachte ich, und ich sah, daß man den Doktor aus dem Zimmer hinaustrug, der in der Nacht gestorben war, ohne daß ich es bemerkt hatte. Ein neuer Patient belegte schon kurze Zeit darauf sein Bett. Ich hatte den Neuen kaum kennengelernt, da wurde ich plötzlich verlegt, in den zweiten Stock hinauf, in eines der Südzimmer, die immer mit drei Patienten belegt waren. Warum versetzt, weiß ich nicht. Von dort oben hatte ich einen weiten Blick in das Hochtal, von dem schwarzen Heukareck bis zu den schneebedeckten Dreitausendern im Westen. Diese Perspektive des Hauses war mir bis jetzt nicht bekannt gewesen. Mein Allgemeinzustand verbesserte sich von dem Augenblick an, in welchem ich in den zweiten Stock verlegt worden war, wie wenn ich aus einer Totenkammer gestiegen wäre. Was hatte diese Verlegung veranlaßt? Ich fragte, aber ich erhielt keine Antwort. Jetzt hatte ich wieder auf die Liegehalle zu gehen, das mußten die Loggiapatienten nicht, ich hatte eine größere Bewegungsfreiheit, ich sah wieder andere Menschen als mich selbst, denn solange ich in der Loggia gewesen war, hatte ich nur mich selbst gesehen, mich nur mit mir selbst beschäftigt, auch wenn ich mich mit dem Doktor beschäftigt hatte, beschäftigte ich mich im Grunde doch nur mit mir selbst. Jetzt beschäftigte ich mich wieder mit anderen, mit mehreren anderen, mit vielen anderen. Ich war in einer Aufwärtsentwicklung, zweifellos. Genau wie ich sie in Erinnerung hatte, lagen sie da, apathisch, lebensüberdrüssig, aneinandergereiht, und kamen ihrer obersten Verpflichtung nach, indem sie in ihre Spuckflasche spuckten. Nicht das drittletzte, das dritterste Liegebett hatte ich jetzt. Von hier aus konnte ich in das Dorf hinunterschauen, ich hatte die feste Absicht, die Hausordnung *täglich* zu hintergehen, das Dorf *täglich* aufzusuchen in aller Heimlichkeit und Geschicklichkeit, ich mußte die Grafenhofener Gesetze brechen, um meinen Zustand zu verbessern. Aufeinmal wollte ich nicht nur meinen Zustand verbessern, ich stellte den höchsten Anspruch: ich wollte gesund werden. Diesen Entschluß behielt ich bei mir, ich hütete ihn als mein strengstes Geheimnis. Ich wußte, daß hier nur der Absterbensdrang, die Todesbereitschaft, die Todessüchtigkeit herrschten, also mußte ich meine neuerwachte Lebensbereitschaft, meine Lebenssucht, geheimhalten, ich durfte mich nicht verraten. So täuschte ich meine Mitwelt, indem ich nach außen hin in ihren Trauer-, in ihren Absterbenschor einstimmte und doch in meinem Herzen und in meiner Seele mit allen mir zur Verfügung stehenden Mitteln dagegen gewesen war. Ich mußte mich mit diesem Betrug abfinden, um mein Geheimnis hüten zu können. Ich existierte fortan in dem Zustand der Lüge und des Theaters. Ich mußte schauen, hier herauszukommen, und zwar bald. Dazu mußte ich aber die Kraft haben, die Gesetze, die hier herrschten, und zwar absolut herrschten, zu brechen, und nach meinen eigenen Gesetzen leben, immer mehr nach meinen eigenen, immer weniger nach den mir aufgezwungenen. Dem Rat der Ärzte folgen nur bis zu einem bestimmten, nützlichen Grade, nicht weiter, jedem Rat nur, soweit er mir nützlich sein konnte, und nur, wenn ich ihn überprüft hatte. Ich mußte mich wieder selbst in die Hand und vor allem in den Kopf nehmen und radikal ausschalten, was mir schadete. Das Schädliche war das Ärztliche, das in der Anstalt herrschende System, alles Übel geht von den Medizinern aus, hatte ich gedacht, ich mußte für mich so denken, und es war wieder Zeit, nur an mich zu denken, wollte ich vorwärtskommen. Einerseits war der Aufenthalt in Grafenhof notwendig, unumgänglich, der medizinische und der klinische Apparat waren die Voraussetzung für Genesungsfortschritte, ich mußte diesen medizinischen und klinischen Apparat gebrauchen, ich durfte mich von ihm aber nicht mißbrauchen lassen. Ich forderte von mir die höchste Aufmerksamkeit, vor allem eine noch verschärftere Arztkontrolle. Oberflächlich fügte ich mich der Hausordnung, der medizinischen Gewalt, unter dieser Oberfläche bekämpfte ich sie da, wo sie zu bekämpfen war, zu meinem Vorteil. Dazu fehlte es mir nicht an der Erfahrung, nicht an Behutsamkeit, nicht an der Wissenschaft. *Ich* hatte die Ärzte und ihre Handlanger zu lenken, nicht umgekehrt, das war nicht einfach. So hatte ich mich ganz von selbst außerhalb der in Grafenhof herrschenden Gesetze gestellt. Jede freie Minute verwendete ich auf die verstärkte Wachsamkeit gegenüber dem Heilapparat, der, ist die Wachsamkeit außer acht gelassen oder läßt sie auch nur um weniges nach, doch nur ein Unheilsapparat sein konnte. Für die meisten in Grafenhof war dieser Heilapparat ein Unheilsapparat, weil einerseits ihre Unwissenheit, andererseits ihre Lethargie zu groß waren. Ich hatte bald alles unter Kontrolle, gleich, ob es sich um die immer wiederkehrenden Untersuchungen handelte oder um die Beurteilung derer, die diese Untersuchungen durchführten. Es entging mir nichts, wenigstens nichts Wesentliches. *Ich* bestimmte, wieviel Streptomyzin ich zu bekommen hatte, nicht die Ärzte, aber ich ließ sie in dem Glauben, daß *sie* es bestimmten, denn sonst wäre meine Rechnung nicht aufgegangen, alle meine Peiniger ließ ich in dem Glauben, sie bestimmten, was zu geschehen sei, während doch von jetzt an nur geschah, was *ich* bestimmte, die Unheimlichkeit meines Verfahrens verblüffte mich selbst, daß ich mein Konzept in die Tat umsetzen, daß meine Rechnung aufgehen konnte. Ich hatte eine unerhörte Geschicklichkeit in diesen Täuschungseffekten erreicht. Als ich der Meinung gewesen war, daß diese riesigen Mengen PAS zu schlucken für mich zwecklos geworden war, bestimmten die Ärzte, daß ich kein PAS mehr einzunehmen hatte, obwohl *ich* es eingestellt hatte, ich hatte meinen Trick. Ich bestimmte auch die Einnahme aller anderen Medikamente, die ich schließlich auf ein Minimum einschränkte, angeekelt von den Haufen von vernichtender Chemie, die ich in der Zwischenzeit schon geschluckt hatte, verbrecherisch, gedankenlos, wie mir jetzt schien. *Ich* bestimmte, wie meine Bauchdecke zu durchstoßen, wie mir die Luft einzulassen war, aber der Assistent hatte das Gefühl, *er* befehle sich, während *ich* doch derjenige gewesen war, der *ihm* die Befehle gab. Der Kontakt mit Zuhause war vollständig abgebrochen, ich wußte von den Meinigen nichts mehr, ich glaube, es interessierte mich gar nicht, wie es dort weiterging. Sie schrieben mir nicht, obwohl sie mir hätten schreiben können, denn jetzt hatten sie keine Ausrede mehr, es nicht zu tun, nachdem die Toten, die sie daran gehindert hatten, begraben waren, sie hatten ihren Grund, ich erhielt keine Post, ich erwartete keine. Ich vertiefte mich in Verlaine und Trakl, und ich las *Die Dämonen* von Dostojewski, ein Buch von dieser Unersättlichkeit und Radikalität und überhaupt ein so dickes Buch hatte ich vorher in meinem Leben nie gelesen, ich betäubte mich, ich löste mich für einige Zeit in den Dämonen auf. Als ich wieder zurückgekehrt war, wollte ich eine Zeitlang nichts anderes lesen, weil ich mir sicher gewesen war, in eine ungeheure Enttäuschung zu fallen, in einen entsetzlichen Abgrund. Ich verweigerte wochenlang jede Lektüre. Die Ungeheuerlichkeit der Dämonen hatte mich stark gemacht, einen Weg gezeigt, mir gesagt, daß ich auf dem richtigen Weg sei, *hinaus*. Ich war von einer wilden *und* großen Dichtung getroffen, um selbst als ein Held daraus hervorzugehen. Nicht oft in meinem späteren Leben hat Dichtung eine so ungeheure Wirkung gehabt. Ich versuchte, auf kleinen Zetteln, die ich mir im Dorf gekauft hatte, bestimmte, mir wichtig erscheinende Daten, entscheidende Existenzpunkte, festzuhalten, ich fürchtete, daß, was jetzt noch so deutlich war, plötzlich verschwimmen und verlorengehen könnte, daß es plötzlich nicht mehr da ist, daß ich nicht mehr die Kraft haben werde, die entscheidenden Vorkommnisse, Ungeheuerlichkeiten, Lächerlichkeiten etcetera vor der Finsternis des Vergessens zu retten, ich versuchte auf diesen Zetteln zu retten, was zu retten war, ausnahmslos alles, das mir wert erschienen war, gerettet zu werden, hier hatte ich meine Vorgangsweise, meine eigene Infamität, meine eigene Brutalität, meinen eigenen Geschmack, der mit der Vorgangsweise und mit der Infamität und Brutalität und mit dem Geschmack der anderen soviel wie nichts gemein hatte. Was ist wichtig? Was ist bedeutend? Ich glaubte, alles retten zu müssen vor dem Vergessen, aus meinem Hirn heraus auf die Zettel, die schließlich Hunderte von Zetteln gewesen waren, denn ich vertraute meinem Hirn nicht, ich hatte das Vertrauen in mein Hirn verloren, das Vertrauen in alles hatte ich verloren, also auch das Vertrauen in mein Hirn. Meine Scham, Gedichte zu schreiben, war größer, als ich gedacht hatte, also unterließ ich es, auch nur noch ein Gedicht zu schreiben. Ich versuchte, die Bücher meines Großvaters zu lesen, aber ich scheiterte, ich hatte in der Zwischenzeit zuviel erlebt, ich hatte zuviel gesehen, ich legte sie weg. In den Dämonen hatte ich die Entsprechung. Ich suchte in der Anstaltsbibliothek nach weiteren solchen Ungeheuern, aber es gab keines mehr. Es ist überflüssig, die Namen aufzuzählen, deren Bücher ich aufgeschlagen und gleich wieder zugemacht habe, weil sie mich mit ihrer Kleinlichkeit und ihrer Nichtswürdigkeit abstoßen mußten. Die Literatur außer den Dämonen war nichts für mich, aber ich dachte, es gibt mit Sicherheit noch andere solche Dämonen. Diese durfte ich aber nicht in dieser Anstaltsbibliothek suchen, die vollgestopft gewesen war mit Geschmacklosigkeit und Stumpfsinn, mit Katholizismus und Nationalsozialismus. Wie komme ich aber an weitere Dämonen heran? Ich hatte keine Möglichkeit, außer jener, Grafenhof so bald als möglich zu verlassen und mir in Freiheit meine Dämonen zu suchen. Jetzt hatte ich noch einen neuen Antrieb hinauszukommen dazu. Wenn ich hinter den Röntgenschirm trat, wollte ich auch schon hören, daß sich mein Zustand verbessert hat, und tatsächlich verbesserte sich mein Zustand von einer Untersuchung zur andern. Ich machte jetzt schon Ausflüge über das Dorf hinaus, ich lernte die Umgebung kennen, was mir immer so finster und abstoßend erschienen war, war es aufeinmal nicht mehr in so betäubender und vernichtender Weise, die Berge, die mir immer als häßlich erschienen waren, als bedrohlich, waren es nicht mehr. Die Menschen, die mir immer als Ungeheuer vorgekommen waren, waren es nicht mehr. Ich hatte die Möglichkeit, tiefer und noch tiefer und immer noch tiefer einzuatmen. Ich bestellte mir, obwohl das beinahe mein ganzes Fürsorgegeld verschlungen hatte, einmal in der Woche die TIMES, um meine Englischkenntnisse aufzufrischen, zu erneuern, zu erweitern und um gleichzeitig die Vorgänge in der mit rasender Geschwindigkeit sich verändernden Welt verfolgen zu können. Ich getraute mich aufeinmal, die Organistin im Dorf anzusprechen, und ich vereinbarte mit ihr eine Gesangstunde in der Kirche, und nachdem sie mich nicht nur eine einzige, sondern drei Stunden auf der Orgel begleitet hatte, ich hatte Bach-Kantaten vom Blatt gesungen, das Liederbuch der Anna Magdalena undsofort, war es ihr Wunsch gewesen, daß ich die darauffolgende Woche das Baßsolo in der vormittägigen Sonntagsmesse (von Haydn) singe. Mein prallgefüllter Bauchpneu, mein existenznotwendiges Pneumoperitoneum hatte mich nicht gehindert, nach diesem Solo regelmäßig in den Messen die Baßpartien zu singen; unter der Woche hatte ich mich naturgemäß immer nur heimlich und also hinter dem Rücken der Ärzte mit der Organistin in der Kirche zum gemeinsamen Musizieren getroffen, wir studierten die großen Oratorien von Bach, von Händel, ich entdeckte den Henry Purcell, ich sang den Raphael in Haydns Schöpfung. Ich hatte meine Stimme nicht verloren, im Gegenteil, von Woche zu Woche verbesserte sich mein Instrument, ja ich perfektionierte es, und ich war unersättlich und unerbittlich in meinem Verlangen nach diesen

Musikstunden in der Kirche. Jetzt war ich wiederum auf dem richtigen Weg gegen alle Warnungen: Die Musik war meine Bestimmung! Die Entdeckung meiner heimlichen Kirchgänge in das Dorf, mein Gesang in der Kirche, noch dazu in aller Öffentlichkeit, rücksichtslos, unbekümmert, waren aber nicht länger geheimzuhalten gewesen, ich selbst hatte diesen meinen *vollkommenen Wahnsinn* verraten müssen. Die Ärzte hatten mich zur Rede gestellt, mir klarzumachen versucht, daß dieses Singen mit meinem Pneumoperitoneum auch meinen plötzlichen Tod bedeuten könnte, und sie drohten mir mit Entlassung. Das strikte Verbot meiner Dorfbesuche war ausgesprochen. Ich hatte aber nicht mehr die Kraft, mich einem Verbot, gleich welchem, zu unterwerfen, ich hätte ohne die praktische Ausübung der Musik nicht mehr existieren können, so wollte ich aus Grafenhof weg, so bald als möglich und *unter allen Umständen*. Wochenlanges Singen hatte mich ja nicht geschwächt, im Gegenteil, es hatte meinen Allgemeinzustand so gebessert, daß ich schon glauben durfte, auf diesem musikalischen Wege gesund zu werden, die Ärzte hielten das für absurd, sie bezeichneten mich als verrückt. Die praktische Ausübung der Musik war aufeinmal mein Lebenstraining. Ich getraute mich aber nicht mehr ins Dorf, jedenfalls nicht mehr zu dem praktischen musikalischen Zweck, ich besprach mein Mißgeschick mit meiner Organistin, Wienerin, Künstlerin, Absolventin der Musikakademie, Professorin, im Krieg nach Grafenhof und dadurch erst recht in die Lungenkrankheit gekommen und im Dorf hängengeblieben. Sie war mir fortan die liebste Gesprächspartnerin, meine neue Lehrerin, mein einziger Halt. Wann ich nur konnte, suchte ich sie auf. Aber wir getrauten uns nicht mehr zu musizieren, wir hatten selbst Angst bekommen vor unserer eigenen Courage, vor unserem *Todesmut*. So wurde, unter der Ärztedrohung, aus der praktischen die theoretische Musik unser Gegenstand. Bei der geringsten Gelegenheit entfloh ich der Anstalt und eilte in das sogenannte Armenhaus, in welchem meine neue Lehrerin hauste, in einer hölzernen Kammer unter dem Dach wie in einem Versteck, das aufeinmal auch für mich ein absolutes Versteck geworden war. In dieser Kammer habe ich wieder zu mir gefunden, zu meiner Existenzvoraussetzung. Eines Tages betrat ich die Liegehalle, und ich traute meinen Augen nicht: neben meiner Liegestatt hatte mein Kapellmeisterfreund Platz genommen, er war denselben Tag angekommen und hatte mich überraschen wollen. Auch er war, soviel ich weiß, viele Monate, ein Jahr vorher gesund entlassen worden aus Grafenhof und hatte inzwischen eine Odyssee ohnegleichen hinter sich. Er hatte nach seiner Entlassung eine Badetour an das Adriatische Meer gemacht und das dümmste Verbrechen begangen, das ein Lungenkranker begehen kann, er hatte sich in den Sand und in die Sonne gelegt. Er, der mit dem Motorrad nach Italien gefahren war, mußte im Krankenwagen nach Österreich zurückgebracht werden. In einer komplizierten Operation war ihm in einer Wiener Klinik der Brustkorb aufgestemmt worden, sein rechter Lungenflügel mußte vollständig entfernt werden. Er hatte, wie die meisten in Grafenhof, jetzt das Markenzeichen der sogenannten *Tuberer* auf dem Rücken, die Plastiknarbe von der Schulter bis zum Becken hinunter. Er hatte nicht geglaubt, überleben zu dürfen, er wundere sich selbst, daß er jetzt hier sei. Wir berichteten uns, es war naturgemäß nichts Erfreuliches. Aber *sein* Bericht hatte nicht die Kraft, mich in *meinem* Entschluß, gesund zu werden, schwankend zu machen. Im Gegenteil war *ich* jetzt sein Vorbild. Ich weiß nicht mehr, wie viele Monate ich noch mit ihm in Grafenhof zusammengewesen bin, er weiß es heute auch nicht mehr, vielleicht war es auch über ein Jahr gewesen. Es ließe sich leicht eruieren, aber ich habe keine Lust, den dafür notwendigen Blick in den Kalender zu werfen. Wie lange war ich überhaupt in Grafenhof? und: wann war ich dann endlich entlassen? Ich weiß es nicht mehr. Ich will es nicht mehr wissen. Eines Tages verlangte ich meine Entlassung, weil ich der Meinung gewesen war, der Zeitpunkt sei da, die Ärzte wollten mich nur nicht gehen lassen. Ich hatte aber längst, immer noch mit meinem Pneumoperitoneum, anstatt mich im Bett auf die Seite zu drehen vor Trübsinn, geheime nächtliche Schlittenpartien unternommen in die Schwarzacher Tiefe hinunter, durch die Hohlwege in die menschenleeren finsteren Gassen hinein. Wenn die Nachtschwester ihr *Gutenacht* gesagt und das Licht ausgedreht hatte, stand ich auf und verschwand. Ich hatte mir im Dorf einen Schlitten geliehen und ihn tagsüber hinter einem Baum versteckt, ich setzte mich darauf und jagte hinunter. Ich wollte gehen, also ging ich, *ich* war es gewesen, der meine Entlassung bestimmte, obwohl die Ärzte dann das Gefühl gehabt hatten, *sie* hätten mich entlassen. Ich mußte verschwinden, um nicht in dieser perversen medizinischen Unheilsmühle endgültig und also für immer zermalmt zu werden. *Weg von den Ärzten, fort aus Grafenhof!* An einem kalten Wintertag ging ich hinaus, vorzeitig, *auf eigene Gefahr,* wie ich mir sagen mußte, nachdem ich mich von allen, die dafür in Frage gekommen waren, verabschiedet hatte. Ich schleppte meinen Seesack ins Dorf, stieg in den Autobus und fuhr nach Schwarzach hinunter. Von dort war ich zwei Stunden später zuhause. Ich war nicht erwartet worden, die Überraschung bedeutete einen Schock für die Meinigen. Ansteckend war ich nicht mehr, aber geheilt noch lange nicht. Sie nahmen mich auf und ernährten mich eine Zeitlang nach ihren Möglichkeiten. Ich mußte mich nach einer Beschäftigung umschauen, das war schwierig, denn ich wußte nicht, was ich anfangen sollte. Weder der Kaufmannsberuf noch das Singen kam in Frage. So spekulierte ich mehrere Wochen ergebnislos und lernte in dieser ausweglosen Situation die Stadt Salzburg und ihre Bewohner von neuem hassen. Ich suchte viele Betriebe auf, aber ich war nicht mehr fähig, in einen Betrieb einzutreten, nicht, weil ich noch krank gewesen war, ich hätte sicher arbeiten können, auch mit meinem Bauchpneu, aber ich wollte ganz einfach nicht mehr. Von jeder Arbeit, von jeder Beschäftigung war ich zutiefst abgestoßen, es ekelte mich vor dem Stumpfsinn der Arbeitenden, der Beschäftigten, die ganze Widerwärtigkeit der Beschäftigten und Arbeitenden sah ich, ihre absolute Sinn- und Zwecklosigkeit. Arbeiten, beschäftigt sein, *nur* um überleben zu können, davor ekelte mich, davon war ich angewidert. Wenn ich Menschen sah, ging ich auf sie zu, um erschrocken vor ihnen zurückzuweichen. Das Problem war die niedrige Fürsorgerente, wenn ich sie auf dem Mozartplatz im Fürsorgeamt abholte, schämte ich mich. Ich hatte so viele Fähigkeiten, nur nicht die eine einzige, einer geregelten Arbeit nachzugehen, wie es heißt. Jede Woche hatte ich den Lungenfacharzt aufzusuchen, der in der Saint-Julien-Straße ordinierte und noch heute dort ordiniert, mein Pneu mußte gefüllt werden; im Grunde sehnte ich mich jetzt nach dieser Abwechslung, denn in diesem Lungenfacharzt hatte ich jetzt wieder den einzigen *nützlichen* Gesprächspartner gefunden, einen Menschen, mit welchem ich mich aussprechen konnte. Auch seine Gehilfin war mir sympathisch. Ich weiß nicht, aus was für einem Grund, aber möglicherweise wieder aus dem Grund der Gleichgültigkeit, hatte ich einmal den Termin der Füllung meines Pneumoperitoneums verschlampt. Anstatt wie vorgeschrieben nach zehn Tagen, war ich erst nach drei oder vier Wochen zu meinem Lungenfacharzt gegangen. Ich hatte ihm nicht gesagt, daß ich den Termin überzogen habe, ich legte mich hin, und er füllte mich wie gewöhnlich. Die Folge war eine Embolie. Arzt und Gehilfin stellten mich auf den Kopf und ohrfeigten mich. Diese Methode, kurzentschlossen an mir praktiziert, rettete mir das Leben. Jetzt war ich weit über neunzehn und hatte mir mein Pneumoperitoneum ruiniert und war von einem Augenblick auf den andern wieder soweit, nach Grafenhof fahren zu müssen. Aber ich weigerte mich und fuhr nicht mehr hin.

Tore auf, Augen auf: Lesen

Anonimo Triestino DAS GEHEIMNIS · John Ashbery/James Schuyler EIN HAUFEN IDIOTEN · Chaim Nachman Bialik IN DER STADT DES SCHLACHTENS · William Carpenter REGEN · Robert Creeley DIE INSEL · MABEL · GEDICHTE · Magnus Dahlström FEUER · Péter Esterházy DIE HILFSVERBEN DES HERZENS · WER HAFTET FÜR DIE SICHERHEIT DER LADY? · FUHRLEUTE · KLEINE UNGARISCHE PORNOGRAPHIE · Gustav Januš WENN ICH DAS WORT ÜBERSCHREITE · Ismail Kadare CHRONIK IN STEIN · DER ZERRISSENE APRIL · DER SCHANDKASTEN · Konstantinos Kavafis AM HELLICHTEN TAG · Ranko Marinković HÄNDE · Francis Ponge KLEINE SUITE DES VIVARAIS · Alisa Stadler DAS HOHELIED UND DAS BUCH RUTH · Théroigne de Méricourt AUFZEICHNUNGEN AUS DER GEFANGENSCHAFT · Giorgio Voghera NOSTRA SIGNORA MORTE – DER TOD.

Residenz Verlag

Thomas Bernhard im dtv

Die Ursache
Eine Andeutung

»Thomas Bernhard schildert die Jahre 1943 bis 1946, als er eine drückende, geistabtötende, zuerst nationalsozialistische, dann katholische Internatszeit erlebte ... Wenn etwas aus diesem Werk zu lernen wäre, dann ist es eine absolute Wahrhaftigkeit.« (Frankfurter Allgemeine Zeitung)
dtv 1299

Foto: Isolde Ohlbaum

Der Keller
Eine Entziehung

Die unmittelbare autobiographische Weiterführung seiner Jugenderinnerungen aus ›Die Ursache‹. Der Bericht setzt an dem Morgen ein, als der sechzehnjährige Gymnasiast auf dem Schulweg spontan beschließt, sich seinem bisherigen, verhaßten, weil sinnlos erscheinenden Leben zu entziehen, indem er »die entgegengesetzte Richtung« einschlägt und sich im Keller, einem Kolonialwarenladen, eine Lehrstelle verschafft ...
dtv 1426

Der Atem
Eine Entscheidung

»In der Sterbekammer bringt sich der junge Thomas Bernhard selber zur Welt, auch als unerbittlichen Beobachter, analytischen Denker, als realistischen Schriftsteller. Aus dem Totenbett befreit er sich, in einem energischen Willensakt, ins zweite Leben.« (Die Zeit)
dtv 1610

Die Kälte
Eine Isolation

Mit der Einweisung in die Lungenheilstätte Grafenhof endet der dritte Teil von Thomas Bernhards Jugenderinnerungen, und ein neues Kapitel in der Lebens- und Leidensgeschichte des Achtzehnjährigen beginnt. Bis schließlich sein Lebenswille die Oberhand gewinnt, bedarf es vieler schmerzhafter Erfahrungen.
dtv 10307

Ein Kind

Die Schande einer unehelichen Geburt, die Alltagssorgen der Mutter und ihr ständiger Vorwurf: »Du hast mein Leben zerstört« überschatten Thomas Bernhards Kindheitsjahre. »Nur aus Liebe zum Großvater habe ich mich in meiner Kindheit nicht umgebracht« bekennt Bernhard rückblickend auf jene Zeit.
dtv 10385

Marlen Haushofer im dtv

Begegnung mit dem Fremden
Siebenundzwanzig zwischen 1947 und 1958 entstandene Erzählungen. »Ihre minuziösen Schilderungen der Welt im Kleinen, der sehr persönlichen, unauffälligen Schwierigkeiten des Zusammenlebens, ihre Darstellung eines sehr kunstvollbescheidenen Erzählerbewußtseins und ihr Stil der negativen Ironie gehören zum Genauesten und Bemerkenswertesten, das die moderne Literatur zu bieten hat.« (Tagesspiegel, Berlin) dtv 11205

Foto: Peter J. Kahrl, Etscheid

Die Frau mit den interessanten Träumen
Zwanzig Kurzgeschichten aus dem Frühwerk der großen österreichischen Erzählerin über Themen wie Ehe- und Familienalltag, Kriegs- und Nachkriegserlebnisse, Kinderglück und Kinderleid, die Erkenntnis von der Schranke zwischen den Geschlechtern, der Umgang mit der Natur – dargestellt in oft ironischen Vignetten mit einer komischen und einer traurigen Pointe. dtv 11206

Bartls Abenteuer
Bartl teilt sein Schicksal mit vielen neugeborenen Katzen auf der ganzen Welt: Kaum stubenrein, wird er von der Mutter getrennt und muß sich in seinem neuen Zuhause einrichten. Zögernd beginnt der kleine Kater die Welt zu erkunden, besteht Abenteuer und Gefahren, erleidet Niederlagen und feiert Triumphe, wird der Held der Katzenwelt und in der Familie die »Hauptperson«. dtv 11235

Wir töten Stella. Erzählungen
»Das Kind, das die ersten nachhaltigen Erfahrungen mit den dunklen Seiten des Lebens hinter sich bringt, die junge Frau, die an der Gewalt der ersten Liebe zu ersticken droht, ein Mann, der mit sexueller Gier hemmungslos und egoistisch Leben zerstört: Marlen Haushofer schreibt über die abgeschatteten Seiten unseres Ichs, aber sie tut es ohne Anklage, Schadenfreude und Moralisierung.« (Hessische Allgemeine)
dtv 11293

Schreckliche Treue. Erzählungen
»Marlen Haushofer beschreibt nicht nur Frauenschicksale im Sinne des heutigen Feminismus, sie nimmt sich auch der oft übersehenen Emanzipation der Männer an, die jetzt eine Chance haben, ihr jahrhundertelanges Rollenspiel zu überwinden und sich so zu zeigen, wie sie wirklich sind – genau wie die Frauen.« (Geno Hartlaub)
dtv 11294

Friedrich Torberg im dtv

Foto: Isolde Ohlbaum

Der Schüler Gerber

Die Geschichte des begabten Schülers Kurt Gerber, der im letzten Jahr vor der Reifeprüfung dem herrschsüchtigen und sadistischen Professor Kupfer ausgeliefert ist. Gerbers schwache Seite ist die Mathematik, das Fach, in dem Kupfer als Klassenvorstand unterrichtet und jede Gelegenheit nützt, die Schüler zu demütigen. Zudem belasten ihn eine erste enttäuschte Liebe und der Gedanke an seinen todkranken Vater, dem er die Schande eines Scheiterns ersparen möchte. Dennoch nimmt Kurt den ungleichen Kampf auf. dtv 884

Die Tante Jolesch oder
Der Untergang des Abendlandes in Anekdoten

Friedrich Torberg ist einer der letzten, der aus eigener Erfahrung und gestützt auf Erzählungen älterer Freunde die Atmosphäre des ehemals habsburgischen Kulturkreises, die unwiederbringliche Welt des jüdischen Bürgertums und der Boheme in Österreich, Ungarn und Prag noch einmal so intensiv beschwören kann. Es war eine Welt der Originale und Sonderlinge, die – wie Torberg schreibt – in unserer technokratischen Welt keinen Platz mehr hätten.
dtv 1266 / dtv großdruck 25021

Die Erben der Tante Jolesch

Daß Torberg auch den »Erben« der Tante Jolesch ein komplettes Anekdotenbuch widmet, daß er die Wiener Kaffeehauswelt mit ihren Käuzen und Originalen, mit ihren Kulturphilosophen und literarischen Größen noch einmal zum Leben erweckt, ließ sich gar nicht vermeiden: Zu vieles war im ersten Buch nicht erzählt worden, tauchte später erst aus der Erinnerung auf.
dtv 1644 / dtv großdruck 25038

Irmgard Keun im dtv

Das kunstseidene Mädchen

Doris will weg aus der Provinz, die große Welt erobern. In Berlin stürzt sie sich in das Leben der Tanzhallen, Bars und Literatencafes – und bleibt doch allein. dtv 11033

Das Mädchen, mit dem die Kinder nicht verkehren durften

Von den Streichen und Abenteuern eines Mädchen, das nicht bereit ist, die Welt einfach so zu akzeptieren, wie sie angeblich ist. dtv 11034

Foto: Isolde Ohlbaum

Gilgi – eine von uns

Gilgi ist einundzwanzig und hat einiges satt: die Bevormundung durch ihre (Pflege-)Eltern, die »sich ehrbar bis zur silbernen Hochzeit durchgelangweilt« haben, die »barock-merkantile« Zudringlichkeit ihres Chefs und den Büroalltag sowieso. Da trifft es sich gut, daß sie sich in Martin verliebt. Doch als sie bei ihm eingezogen ist, kommen Gilgi Zweifel ... dtv 11050

Nach Mitternacht

Deutschland in den dreißiger Jahren. Ein Konkurrent hat Susannes Freund Franz denunziert. Als er aus der »Schutzhaft« entlassen wird, rächt er sich bitter, und Susanne muß sich entscheiden ... dtv 11118

Kind aller Länder

Die zehnjährige Kully und ihre Eltern verlassen Deutschland, weil der Vater als Schriftsteller bei den Nazis unerwünscht ist. Es beginnt eine Odyssee durch Europa und Amerika ... dtv 11156

D-Zug dritter Klasse

In der Zeit des Nationalsozialismus treffen in einem Zug von Berlin nach Paris zufällig sieben Menschen aus unterschiedlichsten Gesellschaftsschichten und mit unterschiedlichsten Reisemotiven zusammen ... dtv 11176

Ferdinand, der Mann mit dem freundlichen Herzen

Ferdinand ist ein Mann unserer Tage, eine provisorische Existenz, wie wir es ja mehr oder weniger alle sind. Es geht ihm nicht gut, aber es gelingt ihm, meistens heiter zu sein, das Beste aus seinem Leben zu machen. dtv 11220

Ich lebe in einem wilden Wirbel
Briefe an Arnold Strauss
1933 bis 1947
dtv 11229

Julien Green
im dtv

Junge Jahre
Autobiographie

Aufgewachsen zwischen zwei Kulturen, früh vom Tod seiner Mutter betroffen, mit siebzehn als Kriegsfreiwilliger schon an der Front, sucht ein ebenso sensibler wie arroganter junger Mann seinen Weg ... dtv 10940

Jugend
Autobiographie 1919 – 1930

In Amerika, dem Land seiner Väter, erhält der junge Julien Green den Schlüssel zu seinen geheimen Wünschen und Sehnsüchten. Doch das Bewußtwerden seiner homoerotischen Neigungen stürzt ihn in eine tiefe Krise. dtv 11068

Paris

In 19 Abschnitten streift Green durch die verschiedensten Viertel der Stadt, besucht Museen und Straßen, erlebt Jahreszeiten und Gesichter. dtv 10997

Leviathan

Als Gueret begreift, daß die »Liebe« der hübschen Angèle durchaus zu erlangen ist und daß zahlreiche Männer von dieser Möglichkeit Gebrauch machen, gerät er außer sich ... dtv 11131

Von fernen Ländern

Elisabeths Begegnung mit Jonathan, einem unberechenbaren Abenteurer und Frauenhelden, weckt unerfüllbare Wünsche in ihr. Aus dem verträumten Mädchen wird eine leidenschaftliche, zielstrebige junge Frau. dtv 11198

Foto: Isolde Ohlbaum

Meine Städte
Ein Reisetagebuch
1920 – 1984

Julien Greens Städte besitzen eine zusätzliche Dimension; die Einbildungskraft eines Dichters sorgt für Entdeckungen, die kein Reiseführer zu bieten hat.
dtv 11209

Der andere Schlaf

Die Erinnerungen eines Arztsohnes an seine Jugendtage in Paris, die verhaltene Geschichte einer ausklingenden Kindheit und einer Knabenliebe.
dtv 11217

Mont-Cinère

Ein Anwesen in der Nähe von Washington wird Gegenstand einer alles verzehrenden Leidenschaft: Der Geiz ergreift langsam von all seinen Bewohnern Besitz.
dtv 11234 (August 1990)

Kindheiten

»Wie wir erzogen wurden?
Gar nicht und – ausgezeichnet.
Erziehung ist Innensache, Sache des Hauses, und vieles, ja das Beste, kann man nur aus der Hand der Eltern empfangen.«

(Theodor Fontane)

Cordelia Edvardson:
Gebranntes Kind
sucht das Feuer
Roman

dtv 11115

Niemands Land
Kindheits-
erinnerungen
an die Jahre
1945 bis 1949

Herausgegeben von Heinrich Böll

Peter O. Chotjewitz
Klas E. Everwyn
Hubert Fichte
Manfred Franke
Gerd Fuchs
Günter Gaus
Anton-Andreas Guha
Dieter Hildebrandt
Josef Ippers
Margarete Jehn
August Kühn
Jürgen Lodemann
Christoph Meckel
Gudrun Pausewang
Peter Rühmkorf
Erasmus Schöfer
Günter Seuren
Dorothee Sölle
Klaus Staeck
Hannelies Taschau
Heinrich Vormweg

dtv 10787

Charles Bukowski:
Das Schlimmste
kommt noch
oder
Fast eine Jugend
Roman

dtv 10538

Isaac B. Singer:
Eine Kindheit
in Warschau

dtv 10187

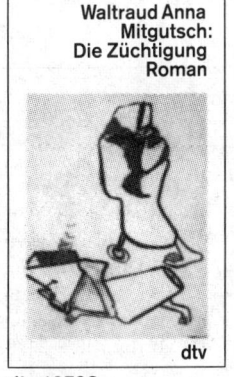

Waltraud Anna
Mitgutsch:
Die Züchtigung
Roman

dtv 10798

Philippe Ariès:
Geschichte
der Kindheit

dtv wissenschaft 4320

dtv

Das Programm im Überblick

Das literarische Programm
Romane, Erzählungen, Anthologien

dtv großdruck
Literatur, Unterhaltung und Sachbücher in großer Schrift zum bequemeren Lesen

Unterhaltung
Heiteres, Satiren, Witze, Stilblüten, Cartoons, Denkspiele

dtv zweisprachig
Klassische und moderne fremdsprachige Literatur mit deutscher Übersetzung im Paralleldruck

dtv klassik
Klassische Literatur, Philosophie, Wissenschaft

dtv sachbuch
Geschichte, Zeitgeschichte, Gesellschaft, Politik, Wirtschaft, Religion, Theologie, Kunst, Musik, Natur und Umwelt

dtv wissenschaft
Geschichte, Zeitgeschichte, Philosophie, Literatur, Musik, Naturwissenschaften, Augenzeugenberichte, Dokumente

dialog und praxis
Psychologie, Therapie, Lebenshilfe

Nachschlagewerke
Lexika, Wörterbücher, Atlanten, Handbücher, Ratgeber

dtv MERIAN reiseführer

dtv Reise Textbuch

Beck-Rechtsliteratur im dtv
Gesetzestexte, Rechtsberater, Studienbücher, Wirtschaftsberater

dtv junior
Kinder- und Jugendbücher

Wir machen Ihnen ein Angebot:

Jedes Jahr im Herbst versenden wir an viele Leserinnen und Leser regelmäßig und kostenlos **das aktuelle dtv-Gesamtverzeichnis.**
Wenn auch Sie an diesem Service interessiert sind, schicken Sie einfach eine Postkarte mit Ihrer genauen Anschrift und mit dem Stichwort »dtv-Gesamtverzeichnis regelmäßig« an den dtv, Postfach 40 04 22, 8000 München 40.